THE GOLDEN COMPASS

황금나침반

THE GOLDEN COMPASS

황금 나침반

필립 풀먼 원작 | 스테판 멜시오르 각색 | 클레망 우브르리 그림 | 조고은 옮김

필립 풀먼 Philip Pullman 1946년 영국 노리치에서 태어나 옥스퍼드 대학교에서 영문학을 공부했다. 풍부한 상상력으로 펼쳐 낸 환상적인 이야기로 전 세계 판타지 문학 팬들에게 많은 사랑과 호평을 받아 왔다. 『황금 나침반』으로 카네기상·가디언상·휘트브래드상 등을 수상하며 판타지 거장의 반열에 올랐고, 그 공을 인정받아 2004년에는 영국 왕실 훈장을 받기도 했다. 〈황금 나침반〉 시리즈는 3부작 소설 『황금 나침반』, 『마법의 검』, 『호박색 망원경』으로 구성되었으며, 속편으로 『리라의 옥스퍼드 시절』과 『옛날 옛적 북극에선』이 출간되었다. 그 밖에 지은 책으로 『나는 시궁쥐였어요!』, 『불의 악마를 찾아간 라일라』, 『카를슈타인 백작』, 『존 블레이크의 모험』 등이 있다.

스테판 멜시오르 Stéphane Melchior 1965년 프랑스 렌에서 태어나 영화와 TV 분야의 시나리오 작가로 일해 왔다. 최근에는 주로 그래픽노블 분야에서 활동하며 스토리 각색과 창작 작업을 하고 있다. 『황금 나침반』, 『위대한 개츠비』 등을 그래픽노블로 각색했으며, 창작한 작품으로는 『Raiju and Raiden』 등이 있다.

클레망 우브르리 Clément Oubrerie 1966년 프랑스 파리에서 태어나 40권 이상의 그림책에 일러스트를 그렸다. 3D 애니메이션 스튜디오 'Station OMD'를 공동으로 창립하기도 했다. 『황금 나침반』으로 프랑스에서 열리는 '앙굴렘 국제 만화 페스티벌'에서 상을 받았고, 그래픽노블 시리즈 〈Aya of Yopougon〉로 아이스너상에 노미네이트되었다.

조고은 서울대학교에서 국어국문학을 전공하고 동 대학원에서 국어교육학 박사 과정을 수료한 뒤, 영어와 일어 전문 번역가로 활동하고 있다. 인권교육센터 〈들〉에서도 함께 활동하고 있으며, 옮긴 책으로 『긍정의 훈육』, 『강렬한 장면을 만드는 스토리 기법』, 『이야기의 해부』, 『진짜 아빠 백과사전』, 『어느 싱글과 시니어의 크루즈 여행기』, 『써니 사이드 업』, 『황금 나침반』 등이 있다.

THE GOLDEN COMPASS
황금 나침반

초판 발행 2020년 4월 10일
원작자 필립 풀먼 | 각색가 스테판 멜시오르 | 그린이 클레망 우브르리 | 옮긴이 조고은
펴낸이 신형건 | 펴낸곳 (주)푸른책들·임프린트 에프 | 등록 제321-2008-00155호
주소 서울특별시 서초구 양재천로7길 16 푸르니빌딩 (우)06754
전화 02-581-0334~5 | 팩스 02-582-0648
이메일 prooni@prooni.com | 홈페이지 www.prooni.com
인스타그램 @proonibook | 블로그 blog.naver.com/proonibook
ISBN 978-89-6170-755-8 03840

LES ROYAUMES DU NORD, VOLUMES 1-2-3 by Philip Pullman, adapted by Stéphane Melchior, art by Clément Oubrerie
ⓒ Gallimard Jeunesse, 2014, 2015, 2016
Northern Lights : Copyright ⓒ 1995 by Philip Pullman
Korean translation copyright ⓒ 2020 by Prooni Books, Inc.
All rights reserved.
This Korean edition was published by Prooni Books, Inc. in 2020 by arrangement with Gallimard Jeunesse
through Sibylle Books Literary Agency.
이 책은 시빌에이전시를 통한 저작권자와의 독점계약으로 (주)푸른책들에서 출간되었습니다.
저작권법에 의해 한국 내에서 보호를 받는 저작물이므로 무단전재와 복제를 금합니다.

＊잘못된 책은 구입한 곳에서 바꾸어 드립니다.

이 도서의 국립중앙도서관 출판시도서목록(CIP)은 서지정보유통지원시스템 홈페이지
(http://seoji.nl.go.kr)와 국가자료공동목록시스템(http://www.nl.go.kr/kolisnet)에서 이용하실 수
있습니다.(CIP제어번호: CIP2019053696)

Fall in book. Fan of literature. 에프는 종이책의 새로운 가치를 생각하는 푸른책들의 임프린트입니다.
에프 블로그 blog.naver.com/f_books

1부

옥스퍼드

총장님, 렌이 와인을 가져왔어요.

토케이 와인, 1898년 산입니다.

아스리엘 경이 아주 좋아하시죠.

좋네, 그럼 내려놓고 나가 보게.

고맙다고 하면 어디가 덧나?

지금 누구한테 그런 말버릇이냐!

고맙네, 렌. 가 봐도 좋네.

저거 봤어?

8

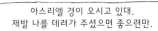

지금 무슨 일이 벌어지고 있는 게 분명해...

그것도 정치적인 일!

무슨 소리를 하는 거야! 서둘러, 빨리 가자!

저 사람들은 왜 아스리엘 경을 죽이려 하는 거지?

그게 정말 독인지는 아직 모르잖아.

약일 수도 있어. 총장님에게 만성 속 쓰림이 있을 수도 있잖아.

당연히 독이지.

아니면 왜 총장님이 그걸 넣기 전에 렌에게 나가라고 하셨겠어?

그건 그러네.

그건 독이야. 우리가 더더욱 이 방에서 나가야 한다는 뜻이지.

그래 겁쟁이다!

겁쟁이!

총장님의 시가를!

렌이 나가자마자 우리도 나간다고 약속해!

저런저런, 렌?!

아스리엘 경! 여기 언제부터 계셨어요?

좀 전부터.

총장님이 비행선 선착장에서 기다리고 계십니다. 못 보고 지나치셨나 보네요.

우리는 갑자기 나타나길 좋아한다네.

가 봐도 좋네, 렌. 아니면 총장이 돌아와 자네에게 시가를 하나 권할 때까지 기다릴 텐가?

가장 좋아하시는 와인을 준비해 뒀습니다. 조던 대학에 오신 걸 환영합니다.

위선자 같으니라고. 저 사람도 한패일까?

넌 정말 제대로 아는 게 하나도 없구나.

드시지 못하게 막아야 해.

그렇지만 우리가 훔쳐보고 있었다는 걸 네 삼촌이 알면 산 채로 우리 껍질을 벗길 거야.

안 돼요!

?!

리라!

이 학교에서 가르치는 게 고작 이거냐? 훔쳐보기?

앗, 아파요!

와인이요! 와인에 독이 들었어요!

훔쳐보기에 거짓말까지. 정말 좋은 건 다 가르쳤구나.

그냥 숨어 있다 본 거예요!

총장님이 와인에 무슨 가루를 탔어요.

총장이?

?!

그럼 우리 이렇게 하자. 숨어 있던 곳으로 돌아가서 본 것을 나중에 전부 내게 알려 주렴.

잘 했어! 네 덕에 우리 둘 다 이 쥐구멍으로 돌아오게 됐잖아.

이번엔 달라. 우리에게 임무가 있잖아. 삼촌이 '우리'라고 했어!

분명 삼촌이 나도 데려갈 거야.

넌 그게 좋아? 네 삼촌 너무 무섭던데.

너는 겁쟁이니까, 판.

너는 사고뭉치고.

둘 다 입 다물어, 그렇지 않으면 차라리 죽는 게 낫다고 생각하게 해 줄 거야.

소롤드, 여기에 환등기를 설치해 주게. 창문에는 스크린을 내리고.

여기 너무 덥다.

지금 그렇게 잠들면 안 돼.

걱정 마…

지금 꿈꾸고 있나, 리라 양?

실험 신학에 대해 뭘 알고 있나?

그건…

…너무 지루해요.

하지만…

돌아와, 이 망나니!

망나니 만세!

망할 것, 리라!

거기서 내려와!

욕하면 지옥 가요, 파슬로 선생님!

배워서 뭐해? 저 책들은 평생 읽어도 다 못 읽어.

리라, 모든 도서관이 다 그래.

다들 신을 믿는다고 주장하면서도 자신의 철학적 도구로 신을 찾아내느라 안달이잖아.

신부님이 네 말을 들어야 하는데!

리라! 당장 수업으로 돌아와라, 안 그러면 총장님께 말씀드릴 거야!

하하하!

아스리엘 경, 깜짝 놀랐습니다!

일어나, 리라.

리라 양! 누가 학교를 떠나도 된다고 했죠?

제가요, 우드 선생님.

왜 도착하셨다는 말을 아무도 안 했을까요?

제가 그러지 말라고 했으니까요.

어떻게 벌써…

안 잤어!

총장님이 오셨어.

그런데…?! 맞습니다, 토케이 와인이에요… 제가 실수로 그만!

이 장비들은 다 뭔가요? 그냥 의례적 방문인 줄 알고 있었습니다만.

위원회를 소집해 주십시오.

북극에서 돌아오는 길입니다. 보여 드릴 게 있어요. 아주 흥미로운 것이지요.

타타르족이 모스크바 대공국을 침략했다는 소문은 들으셨나요?

…그리고 지금은 상트페테르부르크를 포위하고 있대요. 그곳이 함락되면 발트해가 타타르족의 손에 넘어가고 결국 서유럽 전체를 지배하게 돼요.

판, 전쟁이 일어날 거라고 생각해?

지금은 아니야. 다음 주에 전쟁이 일어난다면 아스리엘 경이 여기 와 있지 않겠지.

주의를 분산시키지 맙시다. 수상에 대한 제 의견은 아껴 두겠어요. 제가 조던 대학까지 찾아온 이유는 총장님과 상의하고 싶은 일이 있어서니까요…

…그건, 말하자면 훨씬 본질적인 문제입니다.

봤지? 여기 오길 잘 했잖아, 그렇지?

그럴 수도 있고 아닐 수도 있고.

근데 저 상자는 뭘까? 안에 뭐가 있는지 궁금해.

아시다시피, 저는 라플란드 왕에 대한 외교 임무를 띠고 북극으로 갔습니다. 적어도 공식적으로는 그렇게 말했죠.

사실, 진짜 목적은 북쪽 멀리 빙하까지 가서, 그루만 탐험대에게 무슨 일이 있었는지 알아내는 것이었습니다.

저 악마! 와인에 대해 다 알고 있었어, 분명해.

그러면 다른 방법을 찾아봐야죠.

스타니슬라우스 그루만 교수는 다들 알아보시겠죠.

이 포토그램은 일반적인 질산은 감광유제로 찍었습니다.

그리고 이 사진은 특별히 마련한 새로운 감광유제로 현상한 것이고요.

그루먼 옆에 보이는 저 빛은 올라가는 건가요, 내려가는 건가요?

내려가는 겁니다. 그런데 저건 빛이 아니라…

…더스트입니다.

그게 무슨 말입니까, 아스리엘 경?

더스트라니… 세상에!

그럴 리가…

도대체 어떻게…

그건 이단이에요!

16

무슨 얘긴지 전혀 못 알아듣겠어. 네가 설명 좀 해 줘. 더스트가 뭐야?

나도 전혀 몰라. 근데 삼촌 말에 위원들이 전부 경악하네.

아니라고 해 봐야 소용없습니다. 분명히 더스트예요.

그럼 그루만 옆에 있는 물체의 모양에 집중해 주십시오. 클로즈업 사진입니다…

저건 그냥 저 사람의 데몬인 줄 알았는데요.

더 자세히 보셔야죠…

그루만의 데몬은 뱀이고, 저 포토그램이 찍힐 때에는 그의 목을 감고 있었어요. 지금 보시는 형체는 어린 아이입니다…

세상에! 정말 그러네!

저런 게 어디 있어. 저 애는 다리가 없잖아…

저건 속임수야! 카아악!

너무 끔찍해. 절단된 아이라니…?

까악!

고블러야! 그들이 어린 아이에게 무슨 짓을 했는지 봐!

그럴 리가 없어. 네가 착각한 거야.

진정하세요! 유심히 보면 아이가 온전하다는 걸 아실 수 있을 겁니다. 더스트의 본성을 생각하면 바로 이게 흥미로운 점이죠.

그럼 다음 사진을 보여 드리겠습니다. …그루만 캠프 위에 보이는 것은 북극광입니다.

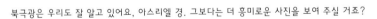

북극광은 우리도 잘 알고 있어요, 아스리엘 경. 그보다는 더 흥미로운 사진을 보여 주실 거죠?

오!

조금 비켜 봐, 나도 좀 보게!

도시야!

다른 세계 속 도시!

이거 바너드 스톡스가 하는 일 아닌가요?
그렇죠?

그루만이 그랬듯, 저도 그걸 알아보려 합니다.

그루만 박사도 이 현상을 조사하고 있었나요? 이 포토그램을 당신이 가지고 왔다는 건, 그루만을 찾았다는 뜻이잖아요.

그는 죽었습니다.

이게 그 증거죠.

저거 봤어, 판? 끝내준다!

난 가끔 내가 네 데몬이라는 걸 믿기 힘들어.

스발바르 지역의 빙하 속에 보존돼 있던 그의 사체를 찾았습니다. 킬러들이 그의 머리 가죽을 얼마나 깨끗이 벗겨 냈는지 보세요.

머리를 좀 더 가까이 살펴봐야겠어요.

정수리 부분에 구멍이 있네요.

천공술인가?

정확히 보셨군요.

그리고 보니 그루만 교수도 한때는 이 대학에서 연구를 하셨군요.

그런데 타타르족에게 당해 이렇게 가시다니.

타타르족? 그러기엔 그루만은 너무 북쪽에 있었어요.

그럼 판제르비에르네일까요? 그럴 리가요. 무장한 곰도 이렇게 잔혹한 일을 하지는 못해요.

이오푸르 락니손을 모르시나 보군요. 스발바르의 왕이죠. 속임수로 왕좌를 강탈했어요.

절대 우습게 볼 수 없는 막강한 인물이죠. 우스꽝스러울 정도로 허세를 부리긴 합니다만.

수입 대리석으로 자기 궁전을 지은 것도 모자라 또 무언가를 만들어서 대학이라 우긴다고 하던데요…

누구 다니라고? 곰들이?

하하하.

하하하.

이오푸르 락니손은 인간이 가진 모든 것을 탐냅니다.

하지만 그가 그 무엇보다 탐내는 것이 무엇인지 아십니까?

데몬이에요! 데몬을 얻을 방법을 마련해 준다고만 하면 못 해 줄 일이 없을 겁니다.

이걸 꼭 기억해 둬야 해, 판.

여기 너무 더워. 자꾸 졸게 되네.

이 곰들을 우리가…

회의 끝나거든 깨워 줘.

훌륭하다!

스파이 업무를 얼마나 잘 하시는지!

어... 저 안 잤어요.

난 북극으로 돌아간다. 너는 방으로 돌아가서 오늘 일에 대해 입도 뻥긋 말거라.

싫어요, 저는 삼촌 따라갈 거예요.

네가 있을 곳은 여기야.

왜요? 나도 북극광이며 곰이며 빙하며 전부 보고 싶어요. 더스트가 뭔지도 알고 싶고요. 허공에 떠 있는 그 도시도요. 거긴 정말 다른 세계에 있나요?

잊어버려. 너는 못 데려간다, 꼬맹아. 시키는 대로 해. 말 잘 들으면 이누이트어를 새긴 바다코끼리 어금니를 가져다주마.

삼촌을 위해 스파이로 일했다고요! 우린 한 팀이에요!

말대꾸하지 마, 안 그럼 정말로 화낸다!

그들이 삼촌 머리도 잘라 갔으면 좋겠네요!

그가 어떻게 알았는진 모르지만 디캔터를 깨뜨려서 다행이네요. 난 처음부터 그런 계획은 별로...

뭐 살인이요? 그걸 좋아하는 사람이 어디 있습니까, 찰스. 아스리엘 경이 조사를 계속하면 어떤 소름끼치는 결과가 나올지 아무리 진실 측정기가 경고했다 해도 말이죠. 글쎄, 신이 뜻하신 바가 있어서 우리의 계획을 중단시키셨겠죠.

다시 알려 주게. 바너드 스톡스가 하는 일이 뭐라고?

성 교회의 가르침에 따르면, 세상에는 두 세계가 있어요. 우리가 만물을 보고 듣고 만질 수 있는 이 세계와 천국과 지옥으로 나뉜 영적인 세계이지요.

바너드와 스톡스는 둘 다 신학자인데 말하자면... 이 세계와 비슷한 세계가 여럿 존재한다고 제안한 배교자예요. 천국도 지옥도 아닌, 물질적이고 죄로 가득한 세계요. 가까이 있지만 보이지도 않고 닿을 수도 없는 곳이 있다는 거지요.

성 교회는 이 불경한 이단의 주장을 당연히 금지했고, 바너드와 스톡스는 설교가 금지됐어요.

조던 대학은 항상 아스리엘 경을 보호해 왔으니까요, 물론 그 반대이기도 했고. 그런데 이젠...

정말 끔찍하군요!

그런데 지금 이렇게 아스리엘 경이 그 세계 중 하나가 존재한다는 증거로 사진을 가져왔으니!

교회 법정이 우리에게 이단에 연루된 죄를 물을 거예요, 그리고...

조용!

그게 다가 아닙니다. 내가 보호하려고 노력을 하든 안 하든, 리라가 이 모든 일에 연루될 거예요. 아스리엘 경을 살해했다 해도 상황을 잠시 연기할 뿐이죠.

근데 그걸 어찌 아신 겁니까? 또 진실 측정기로?

네. 리라는 매우 중요한 역할을 맡고 있어요. 본인은 아직 모르지만, 리라도 북극을 탐험하게 될 겁니다. 역설적이게도 자신이 임무를 행하고 있는지도 모른 채 임무를 완수해야 하지요. 하지만 리라는 마지막 한 번의 도움을... 제게서 받을 수 있습니다. 제가 그에게 더스트에 대해 알려 줄 거예요.

그 학생이 좀처럼 이해하기 어려운 이론적 수수께끼에 관심을 가질 리가 없어요.

반드시 자신이 직접 경험해야 하기 때문입니다. 그중에는 중대한 배신도 포함되어 있죠. 리라는 평범한 아이가 아니에요. 아주 특별합니다.

누가 그 아이를 배신하나요?

그게 가장 슬픈 점이죠. 자기 자신이 배신을 할 겁니다.

도둑놈!

너무 멀리 왔어. 아프려고 해.

그럼 감옥이 낫겠어?

팀!

아, 아까워라!

빨리 가자, 안 그럼 큰일 나.

심지어 1실링까지 잃어버렸어.

이봐!

안 돼! 내 데몬이라고!

23

우웨엑!

속이 안 좋으면 그만 마셔, 로저...

...개인적으로, 난 기분 좋아.

리라!

이리 돌아와! 그러는 거 재미없어!

리라?

에비!

이것 좀 봐 봐...

...조던 대학 총장의 지하실이야.

"시몬 르 클레르, 총장 1765~1789. 세레바통. 평안히 잠드소서."

세레바통은 그의 데몬일 거야.

생사를 함께하는 동반자군.

리라와 로저가 어른이 되면 우리도 더 이상 모습을 바꿀 수 없어. 도마뱀으로 정해지지만 않았으면 좋겠는데.

이 관 안에는 뼈가 들어 있어.

그리고 썩어 가는 살도.

눈구멍에 벌레와 구더기가
우글우글하겠지.

거기 너, 안녕.

뭐하는 거야? 그걸 만지면 어쩌자는
거야!

저기에 엄청 많아.

이것 봐, 수백 개도 넘겠다.

저게 다 사람이었던
거야?

학자들이었을 거야. 총장만 관을
차지할 수 있겠지.

동전이다! 귀한 걸지도 몰라!

동전 아니야.

데몬이 새겨진
메달이야.

우아, 해골마다 하나씩
다 있네.

해골끼리 메달을 막 바꿔 놓으면
어떻게 될까?

그거 빨리 제자리에 놔…

리라아아아아...

으히익! 저리 가!

우우우우우!

우리 데몬 돌려줘, 이 망나니 녀석아.

로저, 나 좀 도와줘!

그건 그저 악몽일 뿐이야. 하지만 너희들 벌은 받아야겠다.

네 임무는 부엌일이야. 안 그러니, 로저?

맞아요, 신부님.

그럼 부엌을 지켜!

그리고 리라 너는 좀 더 걸맞은 친구를 찾을 수 없겠니? 내가 고귀한 혈통의 아이들을 소개해 줄 수도 있단다.

로저가 뭐가 어때서요.

걱정거리가 있다면 언제든 내게 와서 얘기하거라.

로저에게 말하면 돼요.

아이고, 주여.

27

이 늙은 말이
400파운드라고요?

리라...

고블러 놀이 다시는
안 한다고 약속해.

저거 봐...

집시 일족이 돌아왔어.

난 네가 그들을 왜 좋아하는지
모르겠어.

그들은 자유롭잖아.

난 그 사람들 안 믿어.

나도 그래.
가서 만나 보자.

저기, 나도 한번
해 볼 수 있을까?

빌어먹을, 지난번에도 그렇게
숨겨 줬는데 다시 나타나다니
정말 뻔뻔하네.

그땐 우리가 너희를 한 방 먹인 거였지!

리라, 우리 제발
가면 안 될까?

콜록!
콜록!

그 애를 어쨌어,
이 찢어 죽일 놈아!

나도 몰라. 분명 여기 있었는데 순식간에 사라졌다니까.

걔가 네 빌어먹을 말을 붙들고
있었잖아!

그래, 그럼 여기 있었어야지.

로저가 어떻게 되든 상관없죠?

당신 재수없어!

그 옷은 뭐예요?

갈아입어라, 리라. 총장님이 기다리고 계셔.

혹시 로저 보셨어요? 마 코스타의 아들이 납치됐어요.

그게 무슨 말이니?

고블러가 납치한 거예요. 무슨 말인지 모르시겠어요?

총장님께 말씀드려 보렴.

으아아아아! 아무도 로저에겐 관심도 없고!

오직 나뿐이잖아, 로저를─

조용히 해, 리라!

31

말도 안 되는 소리 그만해. 로저는 내 조카야, 파슬로 씨의 조카이기도 하고. 당연히 몰랐겠지. 물어본 적이 없었을 테니, 리라 양.

그 아이를 돌보지 않는다고 비난할 생각 마. 난 심지어 너 같은 애까지 돌보고 있잖아. 네가 그럴 만한 이유를 준 적도 없고 고마워한 적도 없는데 말이야.

어서 와라, 리라. 이렇게 보니 반갑구나.

총장님…

…꼭 말씀드릴 게 있어요. 정말 중요한 일이에요.

지금은 곤란하단다, 리라.

우선 널 어떤 분께 소개드리고 싶구나.

하지만—

콜터 부인, 이 아이가 우리 리라입니다.

리라, 콜터 부인께 인사드리렴.

안녕하세요, 콜터 부인.

안녕, 리라.

저녁 식사 때 내 옆에 앉아 줬으면 좋겠구나. 이런 모임은 너무 지루하거든.

조던 대학에서는 뵌 적이 없는 것 같아요.

학자이신가요?

그렇진 않단다. 나는 한나 부인의 대학에 속한 직원이야.

총장님과 함께 계신 저 숙녀분이지. 하지만 내 업무는 대부분 옥스퍼드 바깥의 일이야.

식사가 준비되었습니다.

…그랬더니 귀신들이 제 침실까지 찾아왔다니까요! 머리가 없는 채로요! 하하!

제가 다음 날까지 메달을 되돌려 놓지 않았다면, 그들이 절 죽였을 거예요.

흠, 넌 위험을 두려워하지 않는 모양이구나.

네가 조던 대학에 사는 유일한 어린아이인가 봐. 그동안 외롭진 않았니?

저에게… 저에게 친구가 있어요…

넌 이 대학에서 공부하기엔 턱없이 어린데. 초등학교로 가고 싶진 않니?

제가 알아야 할 것은 학자님들이 다 가르쳐 주세요… 시간이 나실 때마다요.

네 삼촌인 아스리엘 경은 너에 대한 계획이 있으신가?

언젠가 저를 북극으로 데리고 가실 거예요.

맞아. 예전에 그분이 내게 말씀하셨어. 뭐냐면─

아, 제 삼촌을 아세요?

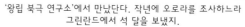

'왕립 북극 연구소'에서 만났단다. 작년에 오로라를 조사하느라 그린란드에서 석 달을 보냈지.

그럼 부인도 탐험가이신가요?

그런 셈이지. 그 이야기 더 들려줄까?

리라야, 콜터 부인과 한참 얘기를 나누더구나. 그분 말씀 재미있었니?

그럼요!

제가 지금까지 만난 사람 중 가장 멋진 분이었어요…

과연.

리라, 너는 지금까지 조던 대학에서 안전히 지내왔지. 난 네가 여기서 행복했다고 생각한다. 쉽게 따르는 사람은 아니었지만, 우리는 널 매우 아끼고 좋아했지. 네가 나쁜 행동을 한 적은 한 번도 없다.

넌 본성이 참 착하고 상냥한 아이야. 결단력도 뛰어나고. 모두 네게 꼭 필요한 자질이지.

이 넓은 세계에서는 온갖 일이 벌어지고 있잖니. 난 거기서 널 보호하고 싶었어. 여기 조던 대학에 두면서 말이지.

하지만 이제는 더 이상 그럴 수 없구나.

안 돼요!

안 돼! 저는 조던을 떠나고 싶지 않아요. 여기가 좋아요. 여기서 영원히 지내고 싶어요.

어릴 적에 넌 모든 것이 영원히 계속되리라 생각했지. 안타깝게도 그렇지 않아. 네가 젊은 여성으로 자랄 날이 머지않았어. 너에겐 함께 지낼 여성이 필요해.

필요 없어요!

만찬에서 만난 그런 여성 학자들 별로예요. 그 사람들한테선 양배추나 좀약 냄새가 난다고요.

하지만 만일 그분이…

…콜터 부인이라면 어떠니?

뭐라고요?!

그분…이 네 삼촌을 잘 아셔. 아스리엘 경은 네 미래를 아주 걱정하고 있단다. 그런데 콜터 부인이 네 얘기를 듣자마자 바로 손을 내밀어 주셨지.

그럼 부인이 저를 돌봐 주신다는 말인가요?

괜찮겠니?

그럼요!

그렇다면 부인께 오시라고 말씀드린 뒤 너에게 알려 주마.

그나저나… 콜터 부인은 남편이 없단다. 몇 년 전에 비극적인 사고로 돌아가셨거든. 그러니 함부로 묻지 말고 그런 줄 알고 있거라.

자, 리라…

아무래도 새로운 조수를 얻게 된 것 같구나. 네 도움이 간절히 필요해. 할 일이 아주 많단다.

전 힘든 일도 무섭지 않아요.

우린 여행을 해야 해. 아주 위험할 수도 있지. 특히 우리가 북극을 탐험한다면 말이야.

부… 북극이요?!

그럼 너무 멋질 거예요. 제가 정말 바라던—

하지만 우선 공부를 정말 열심히 해야 한단다. 수학, 항법, 천체 지리학…

부인이 가르쳐만 주신다면 전부 다 배우고 싶어요.

그렇다면 완벽하네.

그럼 내일 새벽에 첫 비행선으로 떠나자꾸나. 얼른 가서 잠을 자 두렴.

콜터 부인 뭔가가 좀 이상해…
그분의 데몬 봤어?

응. 잘생겼던데.

잘생겼다고? 너 제정신이야?

조용히 해,
잠 좀 자자.

그냥 내 말이
듣기 싫은 거-

쉿.

리라…

총장님이 보자신다.

네,
또요…?

그래, 얼른 서둘러.

바로 가서 총장님의 정원 창문을
두드리렴. 기다리고 계실 거야.

똑똑

착하구나. 얼른 들어와라.
오래 걸리진 않을 거야.

콜터 부인을 다시 만나기 전에
널 봐야 했어.

무슨 일이에요?
저 못 가게 됐나요?

아냐, 그건
막을 수 없지.

너에게 뭔가를 줄 거야.
하지만 아무에게도
보여 주지 않겠다고
약속해야만 한다.
맹세할 수 있겠니?

네.

그게 뭐예요?

진실 측정기란다.

전 세계에 단 여섯 개밖에 없는 귀한 물건이지. 이게 그중 하나란다. 네 삼촌이 여기로 가져오셨어.

뭐에 쓰는 물건이에요?

진실을 말해 준단다.

읽는 법은 네 스스로 어떻게든 알아내야 해. 네 삼촌은-

총장님, 계신가요?

똑똑

얼른 챙겨서 나가라. 눈에 띄면 안 돼. 다시 한번 강조하지만 너만 알고 있어야 한다. 특히 콜터 부인에게 절대 들켜선 안 돼.

어서 빨리, 아가.

근데 아까 제 삼촌이 뭐요?

지금은 때가 아니다, 리라. 이 세계의 힘은 매우 강해. 남녀 할 것 없이 모두가 네가 상상할 수 없을 정도로 격렬히 바다의 흐름에 휩쓸리고 있어.

무사히 가려무나, 리라. 행운을 빈다. 무엇보다 네 생각을 드러내지 말거라.

여기가 네가 살 집이란다, 리라.

이 집이 다 부인 거예요?

아니, 아니. 맨 위층만. 난 그저 탐험가인걸.

판, 집이 너무 아름다워!

그래 나도 보여, 리라.

저건 뭐예요?

리라는 욕실을 처음 보니?그럼 여기부터 시작해 보자.

이다음엔 널 왕립 북극 연구소로 데려갈 거야. 난 거기서 몇 안 되는 여성 회원이지.

부인 접시에 있는 건 뭐예요?

바다표범의 간이란다. 먹어 보렴.

송아지 간만큼이나 맛있지. 하지만 북극에서 음식을 구할 때 곰의 간은 먹으면 안 돼.

독이 잔뜩 있거든. 몇 분도 채 지나지 않아 죽게 되지.

빨간 넥타이를 매고 있는 저 사람 보이니?

저 분이 최초로 열기구를 타고 북극을 횡단한 분이지. 맞은편의 신사분은 브로큰 애로 박사님인데…

스크렐링 사람으로, 북대양의 해류를 지도로 만드신 분이야.

우리는 언제 북극으로 떠나요? 우리도 간다고 하셨잖아요.

그리고 넌 가기 전에 공부를 열심히 한다고 했지. 기억나니?

여기서부터 시작해 보자…

이건 큰고래 그림스두르를 잡을 때 쓴 작살이야.

사람들이 이 석판 옆에서 루크 경의 시신을 발견했지. 하지만 여기 새겨진 글귀를 판독한 학자는 아직 없어.

정말이에요? 제가 골라도 돼요?

그보다 훨씬 좋지. 네가 골라야만 해.

난 절대 다른 사람이 나에 대해 결정하게 하지 않아.

그럼 푹 자렴, 리라야.

안녕히 주무세요, 콜터 부인.

갔어. 이제 우리 그거 볼 수 있겠다.

꽤 무거워.

바늘이 네 개나 있네. 그럼 시계는 아니고. 나침반인가?

바퀴처럼 생긴 게 하나 있어.

아냐, 세 개야.

그게 작은 바늘을 움직이나 봐.

그럼 큰 바늘은 어떻게 움직이지?

자기 마음대로 움직이는 거 같아.

총장님이 네 삼촌에 대해 하시려던 얘기가 뭘까?

이걸 삼촌에게 줘야 한다는 말이었을까?

하지만 총장님이 삼촌에게 독을 먹이려 했었잖아. 반대 아닐까? 절대로 삼촌에게 주면 **안 된다는.**

아냐, 판...

우리가 이걸 들키지 않게 조심해야 할 사람은 콜터 부인이야.

리라, 이제 불을 꺼야 한단다. 내일도 우리 할 일이 많아.

네, 콜터 부인.

그럼 잘 자렴.

안녕히 주무세요.

들어오렴, 리라.

너를 가르칠 선생님이셔, 포스터 씨.

하지만…

…부인이 직접 모든 것을 가르쳐 주신다고 약속하셨잖아요.

시간이 없어. 나는 다음 탐험을 준비해야 하거든.

저랑 같이 가야죠.

공부하는 것 봐서 나중에 정하자.

…소립자는…

똑바로 앉아! 잘 교육받은 여성은 구부정하게 앉지 않아.

안 돼, 안 돼, 전부 틀렸어! 바뜨망*을 한 뒤에 땅뒤**야. 데미 쁘웽뜨***할 때 주의해!

…안바로 자기량은…

리라! 예의 바른 여성은 차를 소리 내지 않고 마시는 법이야.

브라보!

쉿!

아무래도 콜터 부인에게 말씀드려야겠어!

*한쪽 다리를 앞(옆, 뒤)으로 들었다가 다시 내리는 동작. **발끝은 바닥에 댄 채 다리를 길게 밀었다 가지고 오는 동작.
***뒤꿈치를 바닥에서 들어 올리는 자세.

근데…

…제 짐은 어디 있어요?

네가 전자에 관한 수업에 좀처럼 집중하지 않는다고 포스터 씨가 말씀하시기에.

거짓말이에요! 저 전자가 뭔지 알아요.

그럼 한번 설명해 보렴.

음… 어… 음전하를 띤 입자예요. 더스트랑 비슷하지만 더스트에는 전하가 없죠.

뭐?

지금 뭐라고 한 거니? 더스트라니 무슨 말이야?

있잖아요, 우주에서 오는 그 더스트요.

사람을 밝게 비추잖아요. 그걸 볼 수 있는 특수 카메라가 있어야 하지만요.

아이들은 빼고요. 아이들에겐 영향이 없죠.

지금 그게 무슨 말인지 알고 하는 거니? 그걸 어디서 배웠어?

음… 어… 조던 대학에서요. 어떤 학자님이 알려 주신 것 같아요.

네가 받은 수업에 그런 내용이 있었어?

그런 것 같아요. 아니면 그냥 지나가다 들었을 수도 있고요.

맞아요, 그런 것 같아요. 뉴 덴마크에서 오신 학자님이 신부께 말씀하시는 걸 제가 지나가다 들었어요.

우리는 칵테일파티를 열 거야.

왜요?

재미도 있고 네가 오늘 수업을 안 받아도 되고 그러니까.

파티에서 입을 새 드레스를 사 줘야겠구나. 그리고 초대 목록 만드는 일을 도와주렴. 일단 대주교님은 꼭 초청해야 해.

밉살스럽기 짝이 없는 늙은 속물이지만, 빼놓을 수가 있어야 말이지.

하지만 저는—

보리얼 경도 마을에 와 계시니 초대하자. 유쾌한 분이셔.

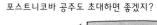
포스트니코바 공주도 초대하면 좋겠지?

정말 예쁘구나. 런던 최고의 헤어숍에 데려가마.

콜터 부인은 우릴 여기 영원히 가둬 둘 거야. 언제 도망가야 할까?

북극에 데려가지도 않을 건데 우리에게 항해법이니 뭐니를 이렇게 가르치는 이유가 뭘까?

이러면 계속 내가 가지고 있을 수 있겠지. 그게 더 안전해.

그러면 뭐해? 어차피 우린 북극에 못 갈 거야.

우리를 얌전히 길들이기 위해서지. 너 사실은 칵테일파티에서 예쁘고 상냥하게 웃으며 서 있고 싶지 않잖아. 부인은 너를 애완동물로 만들고 있는 거야.

왜 우는 거야, 리라?

로저가 떠올랐어.

하지만 정말 슬픈 이유는 언젠가는 내가 그를 떠올리지도 않을 것 같아서야.

44

그 꽃은 작은 탁자에 놓으세요! 카나페는 부엌에 두고요! 촛대는 만찬 테이블에요!

리라야, 핸드백은 벗어 놓으렴.

하고 있으면 안 될까요, 콜터 부인. 정말 좋아하는 가방이에요.

안 돼! 자기 집에서 핸드백을 메는 사람이 어디 있니. 당장 벗어 놓고 이리 와서 나 좀 도우렴.

그렇게 눈에 띄지 않을 거예요. 그리고 제가 걸친 것 중에서 정말 좋아하는 건 이 가방뿐인 걸요. 제발…

잘하고 있어, 리라. 부인의 지시에 휘둘리지 마.

꺄아아아악!

리라, 도와줘!

안 돼! 그러지 마!

목 조르지 마! 그만둬!

그럼 내가 시키는 대로 하렴.

그르르

알겠어요.

45

네가 그 유명한 리라구나?

어머님이 아주 멋진 파티를 준비하셨구나.

앗, 저 분은 제 엄마가 아니에요.

제 부모님은 모두 북극에서 비행선 사고로 돌아가셨어요. 백작과 백작 부인이셨죠.

아, 그래?

아버님 성함이?

벨라커 백작이요. 아스리엘 경의 형님이세요.

재미있구나. 그럼 너는 여기서 뭘 하고 있니?

도움을 드리러 왔어요. 제가 콜터 부인의 조수거든요. 부인이 탐험을 가실 때 저도 함께 갈 거예요.

...더스트가...

...사람에게 들러붙는...

...아이가 아니라 어른들에게만...

성체위원회도 전적으로 부인이 계획하신 거지.

하지만 너, 꼬마 아가씨...

...넌 성체위원회를 전혀 두려워하지 않는구나, 그렇지?

어, 전 겁이 없어요. 보스포루스 터키인에게 아이를 노예처럼 팔아 치우는 집들도 무서워한 적 없고요. 갓스토 수도원에 나온다는 늑대 인간도 안 무서워요...

...고블러도 안 무서워요.

고블러라고?

그래, 언론이 성체위원회(General Oblation Board)의 머리글자를 따서 그렇게들 부르더군.

근데 '성체'는 뭐지?

옛날이야기예요. 중세 시대 부모들이 자녀를 수사나 수녀로 만들려고 교회에 보냈거든요. 그중 운 없는 애들은 '노동 수사'가 되었어요. 희생물이나 제물 따위가 된다는 뜻이었죠.

알겠네요. 콜터 부인이 더스트에 관심이 생기자 그 아이디어를 다시 꺼냈군요.

아이디어라기보단 열정이죠.

아이들이 고통을 겪진 않는다더군요.

가서 보리얼 경과 이야기를 나눠 보면 어떠니?

그분도 콜터 부인의 수제자를 무척 만나고 싶어 할게다.

리라!

방금 황금 원숭이가 네 방에서 나오는 걸 봤어. 그는 진실 측정기에 대해 알고 있어. 지금까지 우릴 염탐하고 있던 거야. 당장 도망쳐야 해!

안녕, 꼬맹이. 내 오랜 친구 조던 대학 총장은 어떻게 지내니?

어, 그분은 아주 잘 지내세요. 감사합니다.

그분이 네 삼촌이셔? 아스리엘 경이 스발바르 요새에서 감옥에 갇혔다고 들었는데.

무장한 곰들에게요?

그렇지. 그 곰들은 정말 끔찍한 짐승이야! 거기서 빠져나올 순 없을 거야...

...목숨이 천 개라도 말이지.

잠시만요. 급한 일이 생겨서요.

48

가방이 저기 있어! 진실 측정기를 찾아와야 해.

그 점은…

…걱정 마.

잘 했어! 넌 황금 원숭이보다도 손재주가 좋구나!

뭘 하려는지 몰라도, 절대 밑을 내려다보지 마.

난 하나도 겁 안나…

…아무것도.

자유다!

이 도시는 절대 잠들지 않나 봐?

춥고 배고파.

콜터 부인 집에 있던 그 많은 음식들이 머릿속에서 떠나지 않아.

주인 없는 가방이다!

옷이나 음식이 있을지도 몰라.

그럴까?

에이, 숯뿐이야.

우리가 그렇지 뭐.

나를 꼭 껴안아 봐. 털이 있어서 따뜻할 거야.

여기 있다, 얘야. 먹으렴.

모르는 사람에게서 뭘 받으면 안 돼요.

그냥 받아!

감사합니다.

넌 이름이 뭐니?

앨…리스요.

예쁜 이름이구나. 옛다. 커피에 몇 방울만 넣어 주마… 몸이 따뜻해질 거야.

안 돼요!

맛없단 말예요.

오, 한번 시도해 보렴. 이런 브랜디는 마셔 본 적도 없을 텐데.

아, 마셔 본 적 있어요. 한 병을 다 마셨죠. 그리고 사방에 토했어요.

그런 걸 좋아하는구나.

이제 전 아빠를 만나러 갈 거예요.

그래? 아버님이 누구시니?

살인자요.

그거 농담이지?

아닌데요. 그게 아빠 직업이에요. 오늘 밤도 한 건 하고 계시죠. 제가 이 가방에 깨끗한 옷을 가져왔어요. 일이 끝나면 대개 피범벅이 되시거든요.

마침 저기 아빠가 오시는 게 보이네요. 아 저런, 좀 화가 나셨나 봐요.

하하, 역시 넌 거짓말 여왕이야!

이 브랜디는 진짜 좋은 건가 봐…

허튼짓 하지 마, 리라.

어디서 자야 할까?

일단 여기는 아니지.

다리 밑에서 자면 어떨까? 이야기 책 보면 다들 그러던데.

근처에 다리가 있었어? 난 여기가 어느 동네인지조차 전혀 모르겠어.

우린 북쪽으로 가고 있는 것 같아.

어떻게 알아? 별도 하나 안 보이는데.

운하다!

다리도 있어!

저기 마 코스타가 있다. 빌리의 엄마였지? 우릴 들여보내 줄지도 몰라.

글쎄. 저분은 날 싫어하는데.

이게 뭐야?!

오, 판. 방금 너 정말
용감했어.

역시 너로구나. 내가
단번에 알아봤지.

화이트채플 이후부터 널
계속 따라왔다.

저런저런,
리라…

여기서 뭘 하는지는
모르겠지만, 꼴이
말이 아니구만.

일단 자라, 꼬맹이. 그리고
내일 얘기하자.

저를 싫어하시는 줄
알았어요.

지금 빌리의 침대를 내줬는데 널 싫어하면 그랬겠냐?

배고파.

어떻게 벌써 해가 떴지?

잘 잤냐? 이 방의 벽은 삼나무로 만들었지.

데몬들이 잠을 잘 잔다더구만.

여긴 어디예요?

아주 먼 곳. 넌 절대 눈에 띄면 안 돼. 갑판 위로는 절대 올라오지 마.

어제 그들, 고블러였죠?

사실 우린 그들이 이미 몇 주 전에 너를 잡아갔을 거라 생각했어.

어떤 면에선 맞아요. 콜터 부인의 집에서 살고 있었거든요. 그 부인이 모든 걸 지휘하는 것 같았어요.

저를 이용해서 아이들을 더 많이 납치하려 했던 것 같아요.

잘 먹을게요, 마 코스타.

고블러는 실험을 하려고 아이들을 북극 깊숙이 데려가고 있어.

그걸 어떻게 아세요?

고블러를 한 명 잡아서 실토하게 했지.

그들 때문에 누구보다 집시 일족이 고통받았어. 다음 행동을 정하기 위해 우리는 지금 당장 존 파 경을 만날 거야.

존 파가 누구예요?

집시 일족의 왕이지. 너도 곧 만나게 될 거다.

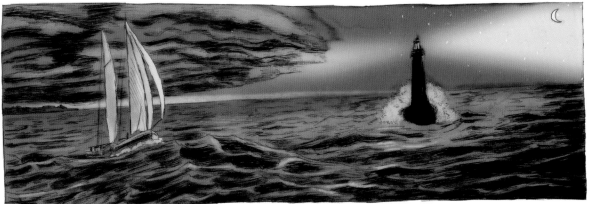

물론, 북극의 타타르족은 어린아이를 잡아먹지…

그렇지 않아!

너 빼고 다 알아.

석유와 광산을 차지하려고 그냥 그렇게 말하고 다니는 거야.

북극에 대해서 뭘 안다고 그래, 꼬맹이.

이봐, '넬케이넨스'라고
들어 본 적 있어?

북쪽에 사는 일종의 유령이야. 크기는 아이만 한데 머리가 없어.
밤에만 방향을 느낄 수 있고 한번 사람에게 달라붙으면 절대
떨어지지 않는대.

'윈드서커즈'라는 놈들도 위험해. 공중을 떠다니고, 그들이 널
만지는 순간 모든 힘이 빠져나간대. 허공에서 희미한 반짝임으로
나타날 뿐 형체를 볼 수 없다나 봐.

그리고 '브레슬레스 원'도 있지. 반만 죽은 상태로 영원히
떠돌아다니는 전사들이야. 타타르족이 목숨을 살려둔 채로
갈비뼈를 열고 폐를 뜯어 갔기 때문이래.

타타르에겐 그런
기술이 있다나.

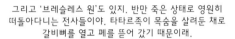

그러곤 '판제르비에르네'가
있지. 들어 봤어?

응! 삼촌이 그들의 요새에 잡혀
있댔어… 그래서 고블러들이 기뻐했지.
왜냐면 삼촌은 그들 편이 아니니까.

이 곰들은 용병이나 마찬가지야. 돈만 주면 어디든 곰을 보내거든.
아주 잔인한 암살자이지만 약속은 반드시 지키지. 무장한 곰과
일단 계약을 하면 무조건
믿을 수 있어.

이런 무기는
자기들이 직접
만드나?

응. 손이 사람만큼 능숙하거든. 그들은 강철 다루는 기술을 아주
오래전부터 익혔어. 대부분 운석에서 나온 철이지.

이들은 고블러 편인가?

잘 모르겠어. 하지만 빌리와 집시 아이들을 모두 구하기 위해 구조단을
보낸다는 것만은 확실해.

내 친구 로저는? 난 꼭 그를 구해야 돼.
반대 상황이었어도 그가 나를 구하려 왔을 거야.

리라, 이제 밖으로 나와도 된다.

펜즈 지방의 늪지대야. 집시 일족의 왕국이지. 이제 무서워할 것 없다.

저 건물은 '잘'이야.

집시들의 본거지란다.

리라 너는 집시가 아니지만 한 번은 괜찮을 거야.

우린 다들 물 같은 성격이지만, 너는 불 같은 사람이지.

네 영혼에는 마녀의 기름이 출렁거려. 남을 속이는 성질, 그게 바로 너란다, 꼬맹이.

뭐요?!

전 아무도 속여 본 적 없어요! 아무한테나 물어…

칭찬이야, 이 바보!

멈춰!

네가 사라졌다던 그 꼬마냐?

전-

네, 맞아요.

모든 사람들이 우릴 노려보고 있어. 너무 괴로운걸, 리라.

쉿! 저기 집시의 왕, 존 파 경이야.

집시 일족이여! 환영하오!

우리는 의견을 듣고 결정하기 위해 모였습니다. 이유는 이미 아실 겁니다. 여기 있는 많은 가족이 아이를 잃었습니다. 두 명이나 잃은 가정도 있지요.

자, 그 아이들의 운명이 한 여자아이와 연결되어 있습니다. 육지 경찰들이 그 애를 잡아 오면 금화 천 냥을 주겠다고 보상금을 걸었지요. 그 아이의 이름은...

리라 벨라커입니다!

너무 안 좋아...

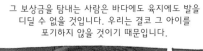

그 보상금을 탐내는 사람은 바다에도 육지에도 발을 디딜 수 없을 것입니다. 우리는 결코 그 아이를 포기하지 않을 것이기 때문입니다.

그 아이는 우리가 지킵니다.

고블러는 잡아간 아이들을 북극 아주 깊은 곳 어둠의 땅까지 끌고 가고 있습니다.

그들이 경찰과 성직자의 도움을 받아 이런 짓을 하고 있다는 사실만은 분명합니다. 따라서 우린 오직 우리 자신만을 믿어야 합니다.

지금 제가 제안하는 일은 위험합니다. 아이들을 구해서 안전히 데려오려면 한 부대의 전사를 보내야 합니다. 성공하려면 우리도 막대한 대가를 치러야 합니다.

거기엔 육지인의 아이도 있잖소. 우리가 그 애들도 구출합니까?

온갖 위험을 무릅쓰고 끝까지 싸워서 고작 아이들 몇 명만 데려오고 나머지는 내버려 두자고 말씀하시는 겁니까? 아닙니다. 우린 그것보다 훌륭한 사람들입니다.

자, 친구들이여, 허락해 주시겠습니까?

만세!

만세!

당신도 그렇지 않습니까? 레이먼드 족장님?

물고기 보여?

아니.

그럼 아까 했던 마 코스타의 말이 농담이기만을 바라야겠다...

우리가 잡은 것만 먹을 수 있다는...

이봐요!

좀 잘 보고 다니세요.

정말 미안하구나, 리라. 전처럼 빨리 움직일 수가 없어.

난 파더 코람이다. 집시 중 가장 나이가 많지.

마 코스타가 내가 너와 단둘이 얘기할 수 있도록 널 여기로 보냈구나. 내 배로 건너오겠니?

몰랐겠지만, 나는 오랫동안 너희 가족에 관심을 가져왔단다. 사실 너에 관해서는 태어나던 날부터 전부 알고 있지.

제가 재미있을 만한 점이 뭐가 있어요?

네 근원에 대해 뭘 알고 있니, 리라?

음... 부모님은 비행선 사고로 돌아가셨어요. 그래서 아스리엘 경이 저를 조던 대학에 보내셨죠.

거짓말이야.

사실, 네 아빠는...

...아스리엘 경이야.

뭐요?!

앉거라, 아가. 그러면 배가 뒤집혀.

내가 지금부터 사실을 알려 주마.

젊었을 때, 네 아버지는 북극 전역을 탐험했어...

...그리고 큰 재산을 마련해 돌아왔지. 그는 혈기왕성하고 열정적인 사람이었어. 화도 잘 내고.

아빠만큼은 아니었지만, 네 엄마도 마찬가지로 열정적인 사람이었단다. 매우 똑똑하고 아름다웠지.

그들은 만나자마자 사랑에 빠졌어. 하지만 네 엄마가 이미 결혼한 상태였지. 남편은 정치가에다 왕의 측근 중에서도 아주 중요한 인물이었어.

너를 낳고 나서도 네 엄마는 무서워서 네가 다른 사람의 아이라는 사실을 말하지 못했어. 그래서 그냥 네가 죽었다고 속였지.

아스리엘 경은 너를 자신이 소유한 농장에 숨기고 집시 여성에게 돌봐달라고 부탁했어.

안타깝게도 그 남편은 결국 너를 찾아냈고, 모두 죽여 버리겠다는 분노에 사로잡혔단다.

네 아빠가 중간에 막지 않았다면
너와 네 유모를 모두 죽였을 거야.

엄청난 화젯거리였지.

옥스퍼드 신문

지역 언론 및 광고
12월 8일 금요일

VOL IV - N 206

결투인가 살인인가?

맛있는 아침 만드는 법 *W. B. 예딤스*

윌리엄 벨로즈 회사

재판이 있었고 아스리엘 경의 재산은
전부 몰수됐지.

그리고 네 엄마는 그에 대해서든 너에 대해서든 아무것도 바라지
않았어. 판사는 결국 너를 수도원에 맡겼지. 유모가 제발 그러지
말라고 애걸하는데도 말이야.

전 아무것도 기억나지 않아요.

네 아빠가 곧바로 다시 데려왔기 때문이야. 그러곤
조던 대학에 보내서 총장의 보호 하에 두었지.
그에 대해서는 법원도 뭐라 하지 않았어.

그런데… 우리 엄마는
누구예요?

여기예요!

아스리엘 경이 죽인 남자의 이름이
에드워드 콜터였어.

그럼 콜터 부인이 제
엄마예요?

최악이야!

그분이 네 엄마란다. 그리고 네 아빠가
판제르비에르네에 잡히지만 않았다면, 부인도
감히 그의 뜻을 거스르는 시도는 하지 못했을
거야. 넌 아직도 조던 대학에서 지내고 있었겠지.

총장이 왜 널 보내 줬는지는 미스터리야. 나도 납득이 안 돼.
그 사람이 책임지고 널 돌보기로 했는데.

총장님은 최선을 다해 약속을 지키려고
하셨을 거예요.

제가 떠나던 날에 그분이 제게 뭔가를
주셨어요. 삼촌이 대학에 가져온
물건이라 하셨죠. 그러곤 엄마에게
절대 보여 주지 않겠다고

약속하게 하셨어요.

하지만 여러분께는 얼마든지 보여 드릴게요.

오!

총장님이 그러시는데 이게
진실 측정기래요.

상징 해석기! 내가 이걸
다시 볼 수 있으리라곤
생각도 못했어. 어떻게
사용하는지 알고 있니?

세 개의 작은 바늘은
움직일 수 있어요.

그런데 긴 바늘은 어떻게 안 돼요. 아주 가끔, 정말 열심히 집중하면 큰 바늘을 이쪽저쪽으로 움직일 수 있긴 하지만요. 그냥 생각만으로도요.

봐. 테두리 쪽에 둥글게 늘어선 그림들이 전부 상징이야. 여기 있는 닻을 보렴. 이것의 첫 번째 의미는 희망이야. 희망은 마치 닻처럼 네가 다 포기하고 떠내려가지 못하게 잡아 주기 때문이지.

하지만 확고함과 예방을 의미하기도 하지. 물론 바다를 뜻하기도 하고... 사실 각 상징이 가진 의미는 끝없이 이어진단다!

그걸 다 알고 계세요?

몇 개는 알지. 그걸 다 설명해 둔 책이 한 권 있단다. 본 적도 있고 어디 있는지도 알지만—

존 파!

당신은 내 부족들과 모든 집시 일족 앞에서 나를 망신 줬어.

그러니 당신을 죽여야겠어!

많은 사람들이 그러려고 했었지, 레이먼드 족장.

아악!

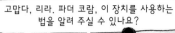

고맙다, 리라. 파더 코람, 이 장치를 사용하는 법을 알려 주실 수 있나요?

제대로 기억하고 있는지…

…세 개의 바늘은 질문을 할 때 쓰는 거야. 세 개의 상징을 가리키면 원하는 질문을 뭐든 할 수 있지. 각 상징에 의미가 수없이 많으니까.

알겠어요… 그러면 큰 바늘이 다른 상징을 가리키면서 답을 알려 주는 거군요.

하지만 내가 생각하는 질문이 뭔지 이 장치가 어떻게 알아요?

모르지.

그건 질문자가 상징의 의미를 전부 알고 있느냐에 달렸어. 그러기 위해서는 백과사전 수준의 지식을 가지거나 매우 특별한 재능을 갖고 있어야 하지.

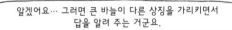
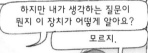

총장이 네게 이 귀한 물건을 준 데에는 다 이유가 있을 게다, 아가.

무슨 생각하니, 리라?

전 총장님이 아스리엘 경의 술에 독을 타는 걸 봤어요. 왜 그런 짓을 하셨을까요?

총장은 아스리엘 경이 더스트에 관해 찾아낸 정보가 대학을 위협하고, 심지어 너의 안전까지도 위협한다고 믿었을 게다. 전 세계를 위험에 빠뜨린다고 생각했을 수도 있지.

그래서 총장이 그를 독살하고 널 엄마에게 맡기려 했을 거야. 엄마에겐 절대 보내지 않겠다고 아스리엘 경에게 약속을 했는데도 말이야.

그런데 제게 진실 측정기를 주신 이유는 뭘까요?

넌 읽는 법도 모르는데 말이지. 그건 나도 모르겠구나.

총장님이 이건 애초에 아빠가 조던 대학에 가져왔다고 했어요. 뭔가를 더 말씀하시려고 했는데 이야기가 끊겨 버렸죠. 아빠에게도 보여 주지 말라고 당부하시려던 것 같아요.

그럴지도.

아니면 정반대일 수도 있지. 그를 죽이려 했던 것을 보상하고 싶었을지도… 네가 진실 측정기를 사용할 줄 알았다면, 스스로 많은 답을 얻을 수 있었을 게다.

한 가지만 더 여쭤보고 싶어요, 파더 코람. 제 집시 유모는 누구예요?

하하하!

너도 이미 아는 사람이야. 지금 너를 데려가 재우려고 바로 저기 서 있구나.

마 코스타.

우리 아가.

아스리엘을 처치해야 해.

그건 무슨 독이었어?

터키 뱀에서 나온 아주 희귀한 독이야.

피리를 불어서 그 뱀을 잡은 뒤 꿀을 먹인 스펀지를 던지지…

…그래서 그 뱀이 스펀지를 한번 물면, 송곳니를 뺄 수가 없거든. 그렇게 독을 빼내는 거지.

조던 대학과 이즈미르 대학의 우정을 위해 건배합시다.

하지만 우리 아빠는 터키 사람들의 짓을 다 보고 있었지.

그럼 우정의 표시로 잔을 바꾸어 마십시다.

터키 대사는 아주 곤란해졌지. 거절하면 상대를 엄청나게 모욕하는 셈이 될 테니까.

그는 자기가 넣은 독을 마시거나 자신이 한 짓을 실토해야 했지.

으어어어억!

죽는 데까지 5분이 걸렸어. 그 5분 내내 극심한 고통에 시달렸지.

나중에 그 시체를 밖으로 옮길 때 나도 봤거든. 피부가 말라빠진 사과처럼 완전히 쪼글쪼글해져 있었어. 눈알은 툭 튀어나와 있었고. 사람들이 눈을 다시 집어넣어 줘야 할 지경이었다니까.

역시, 리라로군. 마녀의 기름이 영혼 속에 넘치고 있는 게 분명해.

까악!

?!

리라! 밑으로 내려와!

다시 멀어지고 있어.

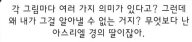

각 그림마다 여러 가지 의미가 있다고? 그런데 왜 내가 그걸 알아낼 수 없는 거지? 무엇보다 난 아스리엘 경의 딸이잖아.

더 노력해 봐.

큰 바늘이 움직일 때 마음을 흘러가는 대로 놔두다 보면 환영이 보일 때도 있어.

그래… 나도 그게 느껴지곤 해.

와 주셔서 감사합니다, 부족장님들.

우리에겐 170명으로 이루어진 군대가 있습니다. 생각보다 금을 많이 모았으니, 이제 배를 한 척 보내서 북쪽으로 항해할 수 있어요.

얼레리꼴레리!

뭘 놀리는지 알 수가 없구나, 꼬맹이. 하지만 그게 뭐든 난 여기서 꼼짝도 안 할 거다.

엇?

안녕하세요.

케이크를 좀 가져왔어요.

우리가 아는 바에 따르면 전투를 몇 차례 해야 합니다. 그러면 우리 중 일부는 죽겠지요. 하지만 우리 아이들 없이는 절대 돌아오지 않을 겁니다.

파 경, 그 아이 말입니다. 경찰이 우리 보트를 뒤지고 있어요. 국회에서도 수로와 운하에 대한 우리의 오랜 특권을 폐지하려는 움직임이 있고요. 우리를 이렇게 곤경에 빠뜨리는 저 아이가 대체 누굽니까?

저 아이는 아스리엘 경의 딸이오. 벌써 잊었는지 모르지만, 샘 브로크먼이 터키인들에게 잡혔을 때 목숨을 구해 주신 분이지.

그는 우리 보트가 왕국의 운하를 이용할 수 있게 해 주는 법을 통과시켰소. 대홍수가 났을 때도 그는 우리와 함께 밤낮으로 싸웠지. 그리고 물에 빠져 죽어 가는 쿠프먼 가족을 구해 준 분이오!

그걸 다 잊었소, 레이먼드? 그나저나 허벅지는 좀 어때요?

나도 온전히 지지하리라.

이젠 아스리엘 경이 스발바르의 얼음 요새에 갇혀 있어요. 어떤 짐승들이 그를 감시하고 있는지 내가 꼭 구구절절 설명해야 합니까?

알겠다고 했잖아요!

파경...

...이 탐험에 여성이 필요하다고 생각하지 않으십니까? 아이들을 구출하고 나면 그들을 돌봐야 하니까요.

용기 있게 말씀해 주셔서 감사합니다, 넬. 그러나 이미 공간이 너무 부족해요.

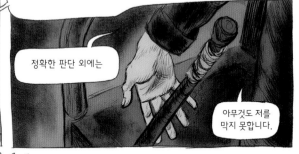

하지만 아이를 구출할 때 경비나 보모로 변장한 여성이 필요할 수도 있잖아요?

음, 그건 생각해 보지 못했네요. 좀 더 신중히 고민해 보겠소.

아이들의 머리가 없어졌다는 둥, 반으로 잘라 다시 꿰맨다는 둥 입에 담지 못할 끔찍한 소문이 파다해요. 강력하게 복수해 주시길 바랍니다.

정확한 판단 외에는

아무것도 저를 막지 못합니다.

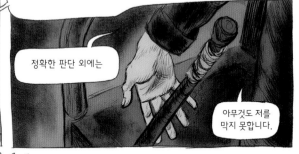

일단 아이들의 안전을 확보하고 나면, 처절한 복수의 시간이 이어질 겁니다...

그들의 힘을 완전히 빼앗은 뒤, 천 갈래 만 갈래로 찢어 놓을 테니까요.

내 망치는 피에 굶주려 있소, 친구들!

앗?

여기서 뭐하냐?

여자는 안 된다고요?

넌 이미 네가 할 일을 했다, 리라!

하지만 전 아직 아무것도 안 했는데요! 저도 제 친구 로저랑 다른 아이들을 구하러 북극에 가고 싶어요.

그럼 이렇게 하자. 내가 바다코끼리의 어금니를 가져다주마. 약속할게.

하지만… 이것 때문에 제가 콜터 부인 집에서 도망쳐 나왔는데요!

리라, 그럼 네가 너무 위험해진단다.

쓸데없는 생각 하지 마라. 넌 여기서 안전하게 머물러야 해.

하지만 진실 측정기를 읽는 법도 공부하고 있어요. 날이 갈수록 또렷해지고 있고요.

파 경도 분명히 그게 필요할 거예요!

안 된다면 안 되는 줄 알아! 당장 나가!

뭐지? 너 어떻게 들어왔어?

우린 갈 거야. 막을 테면 막아 보라지. 꼭 갈 테니까!

73

카누 중 하나에 숨거나 식료품 상자에 들어가야겠어.

그게 통하겠니?

과연 할 수 있을까, 리라. 우리를 저렇게 매의 눈으로 감시하고 있는데.

파더 코람, 우린 어디로 가고 있나요? 제 방에서 나가도 되나요?

안 된다, 리라.

넌 반드시 숨어 있어야 해. 네 엄마가 왕국 전체에 스파이들을 보내 널 찾고 있단다. 그래서 우린 계속 움직이면서 그들이 널 찾지 못하게 해야 해.

하지만 우리도 스파이가 있잖아요, 안 그래요?

네게 숨기는 건 하나도 없단다, 아가.

사실 우리도 다음에 정박할 때에는 우리 쪽 스파이를 만날 거야.

진실 측정기 읽는 법을 더 깨달아 가고 있어요…

상관없다, 리라. 어차피 존 파는 너를 탐험에 끼워 주지 않을 거야.

안 돼요?

그럼… 모든 상징에 대해 설명이 담겨 있다는 그 유명한 책은 어디 있어요?

하! 너! 한번 마음을 먹으면 아주…

그건 웁살라에 있단다.

보세요, 파더 코람. 모래시계의 의미는 뭐예요? 큰 바늘이 계속 거기로 돌아오고 있어요.

자세히 들여다보면 단서가 보일 때가 많단다. 모래시계 위에 작은 표시는 뭐니?

해골이요.

그게 무슨 의미일까?

죽음?

그렇지. 모래시계의 여러 의미 중에서도, 죽음이라는 두 번째 의미를 가리키는 거지. 물론 첫 번째 의미는 시간이고.

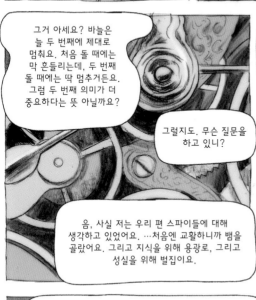

그거 아세요? 바늘은 늘 두 번째에 제대로 멈춰요. 처음 돌 때에는 막 흔들리는데, 두 번째 돌 때에는 딱 멈추거든요. 그럼 두 번째 의미가 더 중요하다는 뜻 아닐까요?

그럴지도. 무슨 질문을 하고 있니?

음, 사실 저는 우리 편 스파이들에 대해 생각하고 있었어요. …처음엔 교활하니까 뱀을 골랐어요. 그리고 지식을 위해 용광로, 그리고 성실을 위해 벌집이요.

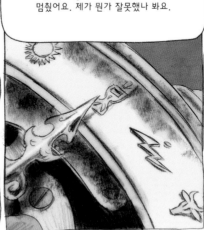

그걸 전부 생각하자 큰 바늘이 죽음에 멈췄어요. 제가 뭔가 잘못했나 봐요.

아니면 아마도 그 반대로, **네가…**

그 애가 상징을 잘못 해석했을 수도 있죠… 아직 어린애인걸요.

리라는 보통 애가 아니잖나. 그 아이는 아무도 한 적 없는 말도 들을 수 있어. 아무도 쓴 적 없는 글을 읽을 수 있고.

실수일 거예요.

제이콥은 살아 있어요. 확실히 오늘 밤에 만날 수 있다고 했고요.

보세요, 저기 오네요.

마거릿, 제이콥은 어디 있나?

보트 뒤편에 담요를 덮어 숨겨 두었어요. 많이 다쳤거든요.

제이콥... 무슨 일인가?

벤저민, 제라드, 그리고 저까지 모두 고블러에게 잡혔습니다.

누가 납치 명령을 내리는지 알아내려 하고 있었어요. 그래서 몇 시간도 넘게 심문을 했죠.

아이들은 어디 있나?

라플란드 어딘가에.

결국에는 우리에게 굴복했죠.

보리얼 경... 신학부의 대신부...

그날 저녁, 우린 신학부에 잠입했습니다.

그곳에서 지도, 설계도, 편지 등을 훔쳐 내려 했죠.

보리얼 경과 마주치면 어쩌지?

그가 여기 있을 리 없어. 이제 조용!

그가 안됐군. 우린 저 서류를 가져가야만 하니까.

오 저런! 자기 사무실에 앉아 있잖아?

끼이이익!

그가 세상을 떴군. 세 명 모두 죽었어. 리라가 예측한 그대로.

그건 제 잘못이 아니에요, 파 경. 저는 그저 상징을 해석했을 뿐인걸요.

나도 안다, 꼬맹이.

결국 너도 우리와 함께 북극에 가야할 것 같구나.

날 꺼내 주지 않으면 아주 미쳐 날뛰는 꼴을 보여 주겠어!

저 말이 맞아.

벌써 한 달이나 지났는데, 우린 그저 이 보트에서 저 보트로 옮겨 다닐 뿐이야.

저 아이를 안전하게 보호해야 한다지만, 완전히 죄수처럼 다루고 있지 않나.

알겠어요, 그럼 잠시 바람이나 쐬도록 데리고 나오세요.

드디어!

파 경이 딱 한 시간만 나와 있으라신다.

진실 측정기에 대해 더 말해 보렴. 더 많이 알아냈니? 지금 콜터 부인은 뭐하고 있는지 알 수 있어?

그럼요, 알아낼 수 있죠.

무슨 짓을 하고 있는지 설명 좀 해 봐.

성모는 콜터 부인을 의미해. 그리고 내가 첫 번째 바늘을 그 자리에 놓을 때 그분을 생각하고 있었어.

그런 뒤 두 번째 바늘은 개미에 놓았지. 아주 바쁘다는 뜻이니까.

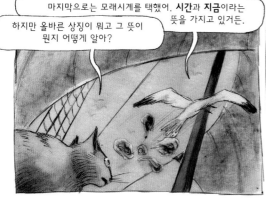

마지막으로는 모래시계를 택했어. **시간**과 **지금**이라는 뜻을 가지고 있거든.

하지만 올바른 상징이 뭐고 그 뜻이 뭔지 어떻게 알아?

그냥 보여.

아니면 그냥 느껴진다고 해야 하나.

78

음, 어떤 쪽으로 마음을 정하면 거기서 또 다른 의미가 나타나. 그럼 그게 뭔지 나도 모르게 느껴지지. 그런 뒤 전부 맞춰 보는 거야. 마치 더 잘 보기 위해 일부러 초점을 흐리는 것처럼 약간의 요령이 필요하지.

밤에 사다리를 타고 내려가는 것과 비슷해요. 일단 한 발을 내려놓으면 그다음 발판이 밑에서 어떻게든 느껴지잖아요.

큰 바늘이 뭐라고 하니?

첫 번째는 번개…

…그다음은 아이, 뱀, 코끼리예요.

…그다음은 일종의 도마뱀이네요.

이해가 안 돼. 말이 안 돼요. 번개는 분노를 의미하고 아이는 분명 나일 텐데… 도마뱀은 뭐지?

다시 한번 해 볼게요!

어, 안 돼. 또 도마뱀이에요!

이해가 안 돼! 도마뱀 전까지는 전부 연결이 되는데.

의미가 어긋나 버려요! 왜지?

진정해라, 리라. 그러면 어떠니.

아! 그래! 느낄 수 있어요!

아아악!

아아악!

?!

잘 했다, 소포낙스!

또 있다! 내가 잡을게!

도망 못 가게
붙들어.

아, 놓쳤어!

가 버렸다!

이 비슷한 걸 아프리카에서
본 적 있어...

이 안에는 마치 시계 같은 태엽 장치가 들어 있는데,
스프링에 악령이 스며 있지. 그래서 악마의
주문을 옮기고 다니는 거야.

악령이 들어 있는 한, 저놈은 절대 멈추지
않아. 만일 그 악령을 쫓아내면 걷잡을 수
없는 분노에 사로잡혀 눈에 처음
띄는 것을 바로 죽여 버리지.

이젠 더 잘 알겠어요. 코끼리는
아프리카를 뜻했던 거예요. ...하지만
도마뱀은 뭘까요, 파더 코람?

이건 도마뱀이 아니야...

...이건 카멜레온이야. 아주 오랜 고대 전통에 따르면
공기의 상징이지. ...예전엔 이 짐승이 그저 공기만
있어도 살아남을 수 있다고 믿었거든.

죽일 수 있나요?

아무것도 할 수 없을 걸세.

그저 상자에 단단히 가둬 놓고 절대 나오지
못하게 하는 수밖에 없어.

좋네요! 그 사악한 것을 바다에
던져 버립시다.

안 돼. 금속은 결국 녹슬 테고, 그럼 악마가
언제든 다시 리라를 습격할 거야. 우리가 가지고
있으면서 계속 감시해야 해.

근데 그걸 누가 보냈어요?

짐작이 안 되니?

진실 측정기에게
물어볼 필요조차 없을
정도로 뻔한데.

콜터 부인?

그렇지만, 왜요?

물론 너를 감시하기 위해서지. 죽이기 위해서일 수도 있고.
널 갑판 위로 나오게 하다니 내가 정말 어리석었다.
도망간 놈이 분명히 네 엄마에게 너를 봤다고 보고할 거야.

진실 측정기에 영혼이 깃들어 있을 수도 있다고 생각하니? 그 작은 기계 안에 말이야.

그럴 수도 있지.

조던 대학 총장님이 언젠가 지식은 기쁠 수도 있고 슬플 수도 있다고 말씀하셨어. 아마 진실 측정기에는 불행한 영혼이 살고 있을 거야.

이걸 바다에 던져 버려야 할까?

난생처음이야, 판. 무서워. 아주 깊은 곳에서부터 온몸이 떨려오는 두려움이야…

리라, 저것 봐.

북극성이야. 우리도 그 방향으로 가고 있어.

…뭔가 어두운 기쁨…

2부

볼반가르

라플란드 마녀가 여기 트롤선드에 살고 있나요, 파더 코람?

아니, 그들은 숲속이나 툰드라 지대에 살고 있어. 야생의 자연에 관한 일을 하니까. 하지만 여기 영사를 한 명 두고 있긴 하지.

파 경이 네가 어떤 마녀와 친구라고 말씀하시던데.

거기서 뭔가 빚이 있었다고 해 두지.

우리도 지금 그것 때문에 여기 왔단다. 보답을 받으려고.

그분은 어떻게 만나셨어요?

벌써 40년 전 일이구나…

난 혼자 보트에서 낚시를 하고 있었지.

처절한 울음소리가 들려서 위를 올려다봤어.

어떤 여자 한 명이 하늘에서 내려오고 있었는데…

…거대한 붉은 새에게 쫓기고 있더구나.

난 새를 맞혀 떨어뜨렸고, 새는 바다로 곧장 떨어졌단다. 안타깝게도…

익사 직전이었던 여성도 가까스로 건져 배에 태웠어.

그는 참 아름다웠지. 하지만 가장 놀라웠던 일이 뭔지 아니?

그에겐 데몬이 없었어.

말도 안 돼요! 데몬은 모든 사람에게 있는 건데.

나도 그렇게 생각했지. 그 생각을 완전히 뒤집은 거야.

나중에 마녀는 데몬을 떼어 놓을 수 있다는 사실을 알게 되었어. 내가 봤던 거대한 붉은 새도 아마 다른 마녀의 데몬이 쫓아오던 걸 거야.

그게 전부 40년 전에 일어난 일이라면, 그 마녀도 지금은 나이가 많이 들었겠네요?

놀라지 말거라.

마녀는 우리보다 서너 배는 오래 살아.

우리를 이렇게 선뜻 받아 주셔서 감사합니다, 란셀리우스 박사님.

얼마든지 환영합니다. 하지만 제게 선택의 여지가 있는 줄은 꿈에도 몰랐네요, 파더 코람.

맞습니다, 박사님. 그래도 이렇게 뵙는 건 여전히 반가운 일이에요.

조심하거라. 마녀의 영사는 질문을 좋아하지 않아.

대답만 해야 해.

세라피나 페칼라는 이제 에나라 호수 지역에 사는 마녀 일족의 여왕이 되었다는 소식을 전해드려야겠군요.

그분을 다시 뵙고 싶습니다.

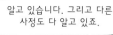

알고 있습니다. 그리고 다른 사정도 다 알고 있죠.

예를 들어…

…일명 '북극개척회사'라는 곳의 보호 아래 어린이 한 무리가 일주일 전에 여기에 도착했다가 그저께 다시 나갔다는 것.

어디로 갔는지는 나도 모르오.

묻지 않겠습니다.

잔이 비었구나, 아가.

감사합니다, 박사님. 궁금한 게 있는데요... 만일 마녀 영사에게 질문할 기회가 있다면 어떤 질문을 하는 게 가장 현명할지 잘 모르겠어요.

간접 질문이라니! 머리가 비상하구나!

음, 무장한 곰을 어디서 고용할 수 있는지 물을 것 같구나.

말도 안 돼!

무장한 곰은 지금 성체위원회를 위해 일하고 있지 않아요?

뭐?

무엄하다!

질문을 하다니!

면접은 끝이야!

미안하다. 자제했어야 하는데...

잠깐!

말해 주세요! 우리도 심심해서 온 거 아니에요! 생사가 달린 질문이라고요!

잘 했다, 리라. 장애물이 널 가로막을 땐 규칙을 깨는 법도 알아야 해. 너는 꼭 내가 바라던 모습 그대로구나.

따라오너라.

?

마녀가 날 때에는 구름소나무 가지를 이용한단다.

이 중 하나는 세라피나 페칼라가 쓰던 거야. 찾아낼 수 있겠니?

저한테는 질문을 하셔도 되나 보군요.

물론이지.

어휴, 다 똑같아 보이는데.

쉿, 집중해야 해.

말해 주면 안 돼요.

...하지만 마녀들은 수백 년 동안 저 아이에 대해 얘기해 왔어.

이 세계가 아닌, 아주 멀리 떨어진 곳에서만 이루어질 수 있는 위대한 운명을 지닌 아이에 대해 이야기해 왔지.

이 아이가 없으면 우린 모두 죽게 돼.

이거예요! 분명해!

대단하구나! 상징 읽는 법은 누가 가르쳐 줬니?

혼자 공부했어요. 세라피나 페칼라가 정말 이걸 가지고 하늘을 날았나요?

그럼... 어렸을 때 썼지.

소나무 가지를 하나 주마. 늘 지니고 있으렴. 그럼 네가 어디 있든 마녀들이 찾을 수 있어.

썰매 보관소에 가서 이오레크 뷔르니손이라는 곰을 찾아라. 무리를 떠난 곰이야. 조심해야 한다.

나와 달리 그는 종잡을 수 없는 성미를 가진 짐승이니까. 하하!

마녀 영사가 저를 시험했던걸까요?

놀랄 일도 아니지. 그럴 줄 알았어.

곰? 저쪽에서 일하고 있소… 저기 아니면 에이나르손의 술집에서 술을 마시고 있을 거요.

정말 감사합니다.

꺼지쇼.

뭐 저런 사람이 다 있죠? 데몬도 없고, 이상해요.

너무 작아서 안 보이는 거겠지. 벼룩이라든지.

거기 이오레크 뷔르니손이신가요? 무리에서 빠져나오신?

이오레크 뷔르니손, 말씀 좀 나눌 수 있을까요?

뭐하고 있니? 왜 답이 없어?

모르겠어요.

크르르르릉

빌어먹을 꼬맹이! 번번이 귀찮게 하네!

진정해!

얘기를 좀 하고 싶을 뿐이야.

뭐? 당신 누구야?

난 이스트 앵글리아 집시 일족의 파더 코람이다. 그리고 이 아이는 리라 벨라커. 일자리를 제안하러 왔다.

이미 하는 일 있어.

당신이 술꾼이라고들 하던데요.

그게 뭐?

판제르비에르네가 그럼 못 써요.

무슨 일을 맡기려고 하는데?

우린 납치된 아이들을 찾으러 북극으로 가고 있어. 그래서 너의 보호가 필요–

이봐요!

보수는 어떻게 줄 건데?

필요하다면 금화를 줄 수 있–

관심 없어, 꺼져!

여쭤봐서 죄송하지만, 이오레크 뷔르니손…

리라, 저 곰이 꼭 필요해? 너무 사납잖아!

…하지만 당신도 북극에서 바다표범과 바다코끼리를 잡으며 자유롭고 떳떳한 삶을 살 수 있어요. 전쟁에 나가 엄청난 보상을 받을 수도 있고요. 왜 트롤선드에 주저앉아 있으려는 거예요?

이곳 사람들이 갑옷을 빼앗아 가고 나를 노예로 만들었어.

오… 난 그저–

내 갑옷을 찾아 주시오. 그러면 당신들이 승리하거나 내가 죽을 때까지 당신들을 따르겠소. 그것만은 약속하지. 대가는 내 갑옷이오.

알았다!

갑옷이 어디 있는지 알아냈어!

앗! 근데 이것 봐, 리라!

무장한 곰인데 갑옷이 없다니… 게다가 주정뱅이… 세라피나는 아직 소식도 없고… 아무래도 마녀 영사한테 속은 거 같은데요.

그렇게 생각하오, 존? 당신이 데려온 비행선 조종사는 어떻고? 텍사스에서 총잡이, 도박꾼으로 떠돌다 지금은 여기 라플란드에 갇혀 있다고?

리 스코즈비는 싸움의 달인이에요… 게다가 열기구를 가지고 있다고요!

열기구는 정말 쓸모가 많아요!

너무 그렇게 비관적으로—

빨리 이것 좀 보세요!

오로라예요!

다시 만나서 반갑고도 영광입니다, 카이자.

세라피나 페칼라도 안부 인사를 전했습니다. 건강하게 잘 지내고 계십니다.

위대한 존 파와 그 유명한 리라 벨라커이시죠? 마녀들이 당신에 대한 이야기를 많이 했죠.

우리는 잡혀간 아이들을 찾고 있어요. 마녀들의 도움을 받을 수 있을까요?

볼반가르라는 곳을 뒤져야 해요. 여기서 북동쪽으로 사나흘 정도 가면 나오는 곳이죠.

안타깝지만 마녀 일족의 상당수가 더스트 사냥꾼을 위해 일하고 있어요...

알려 주세요, 카이자...

...하지만 세라피나와 그의 일족은 아닙니다.

...마녀들이 왜 저에 대한 얘길 하나요?

당신의 아버지와 다른 세계에 대한 그의 지식 때문이죠.

별들이요?

아니요.

그럼 영적인 세계인가요?

아닙니다.

빛 속에 세워진 도시 말씀이시죠?

맞습니다.

네가 그걸 어떻게 아니, 꼬맹이?!

진정하세요. 이 아이만 알고 있는 게 아닙니다.

마녀들은 수천 년이 넘게 다른 세계들에 대해 알고 있었어요. 이 다른 세계들을 심장 소리처럼 가깝게 느끼고 있었지만, 만지거나 보거나 들어 본 적은 없었죠...

그런데...

...북극광 속에서 본 거예요.

더스트 사냥꾼은 이 세계와 오로라 너머의 세계를 잇는 다리를 만드는 데 더스트를 어떤 식으로든 이용하려는 당신 아버지를 두려워해요. 그래서 무장한 곰과 협정을 맺고 그를 스발바르의 요새에 감금한 거죠.

우리 쪽에도 무장한 곰이 하나 있어요!

그래요?

비행선 조종사의 장비야!

우리 볼반가르로 가는 건가요?

곰은요?

이오레크 뷔르니손은 암살자이자 변절자야. 곰의 왕국에선 범법자고. 아무래도 그를 믿을 수가 없다.

그렇지 않아요!

진실 측정기가 알려 줬어요. 갑옷이 숨겨진 곳도 알려 줬고요.

리라, 미안하지만 지금은 볼반가르가 최우선이야.

그는 아이들을 구할 수 있게 우릴 도와줄 거예요… 우리 아빠도요!

우리를 전부 죽일 수도 있고.

이게 뭐야, 서보! 일부러 그러는 거야?

왜 아무도 내 말을 안 듣는 거야?

그래서 이오레크와는 얘기해 봤니?

뭐라고요?

리 스코즈비, 비행선 조종사다. 여행 중이지.

네가 화난 이유 안다. 그럴 만하다고 생각해. 곰에 대해선 존 파가 틀렸어. 난 오랫동안 이오레크와 알고 지냈다. 문제는 많지만 실수도 없고 충직하지.

그럴 줄 알았어요.

맞아. 하지만 술독에서 꺼내기가 쉽진 않을 거야.

게다가 모두 널 지켜보고 있어. 너와 이오레크가 숨어 있긴 힘들 거야.

그러니 우리가 주의를 돌려야죠.

자, 저랑 내가 한 판 하실 분 계신가요?

큰 재산을 걸겠습니다!

96

여기 있는 철판으로 갑옷을 더 만드시면 어때요?

뭐?

이따위 쇳조각은…

…아무 소용없어!

내 갑옷은 하늘 강철로 만들어졌어. 오직 나만을 위해.

곰에게는 갑옷이 영혼이야. 마치 데몬이 너의 영혼이듯 말이지.

음, 당신의 영혼이 숨겨져 있는 곳을 알아요.

거짓말이라면 후회하게 될 거다…

사실이에요! 전 진실 측정기를 가지고 있어요. 그게 뭐냐면—

나도 진실 측정기가 뭔지 알아. 그걸 가지고 있다니 아주 특별한 아이인가 보군.

들어 보세요. 그들이 갑옷을 빼앗아 간 건 옳지 않아요. 하지만 복수하지 않겠다고 약속해 주셔야 해요.

복수 안 하면 될 거 아냐. 하지만 못 가져가게 막는 놈들은 내 손에 죽어!

목사님의 집 지하실에 숨겨져 있어요. 목사님은 갑옷에 악령이 깃들어 있다고 생각하세요.

너 이름이 뭐냐, 꼬맹이.

리라 벨라커요.

네게 신세를 졌구나, 리라 벨라커.

조심해!

크르르르르릉

안 돼!

내버려 두세요!

타앙

이오레크 뷔르니손!

?!

저한테 신세 갚으셔야죠!

이 사람들과 싸우지 마세요. 우린 당신이 필요해요, 이오레크! 빨리 가요!

저랑 같이 항구로 내려가요. 파더 코람과 존 파가 잘 설명해서 바로잡아 줄 거예요.

?!

무슨 소리가 저렇게 요란하지?

폭동인가?

리, 무슨 일인가요?

저 아이는 정말 대단하군요.

뭐가 더 나쁜지 모르겠다. 이 추위인지…

…아니면 이 끝도 없는 전나무인지.

뭐?

아무것도 아니야. 그냥 저 시커먼 나무 기둥들 때문에 소름 끼쳐.

이봐! 저기 좀 봐!

당신도 저 사람들과 함께야?

물론. 우리 둘 다 용병인 거 같은데.

용병? 나는 저 여자애와 한 약속을 지킬 뿐이야. 그건 다르다고.

하! 그 애에게 넘어갔구나.

리라, 그들이 볼반가르를 어떻게 지키고 있는지 더 알았으면 좋겠구나. 진실 측정기에 물어봐 줄래?

그럼요, 파 경.

온통 철조망을 둘러놨고요… 타타르족 무리가 소총과 화염 방사기로 무장하고 있어요…

…대포도 있고요.

타타르족은 60명이에요… 데몬은 전부 늑대고요.

시비르스크 족의 데몬이 늑대거든! 우린 호랑이처럼 싸워야겠군.

진실 측정기에 따르면, 그들은 공격이 있으리라고는 전혀 예상치 못하고 있어요.

기습 공격만 믿고 있을 순 없어.

집시 족은 훈련받은 전사가 아니야. 조언해 줄 사람이 필요해.

스코즈비 씨!

잠깐만요. 진실 측정기가 다른 것도 알려 주고 있어요. 이 계곡을 넘으면 호수 옆에 마을이 하나 있는데 사람들이 유령 때문에 고생을 하고 있대요.

그런 조언을 해 주다니 고맙구나.

중요한 일일 수도 있잖아요.

이런 숲속에는 온갖 영혼들이 붙어 있게 마련이야. 우리는 우리 일만으로도 벅차다.

저럴 때마다 너무 짜증나.

어른들은 자기만 중요하다고 생각해.

마을이 멀지 않은데. 썰매를 하나 빌리면 어떨까?

저기 봐!

어서! 저렇게 하면 되잖아.

난 갑옷을 입는 편이 좋은데.

벗으면 훨씬 빠를 거예요.

그리고 진실 측정기도 갑옷 필요 없대요.

우리가 정말 무서운가 봐요, 그렇죠?

하늘을 보렴… 보여?

저게 다 새예요?

마녀들이야. 몇 명을 지켜 주기도 하고 몇 명과 싸우기도 했지. 하지만 나도 저렇게 한꺼번에 많이 본 적은 없어.

만일 저들이 네 적을 도와주러 가고 있다면, 걱정을 좀 해야 할 거다.

진실 측정기가 뭔가를 말하려고 하는데 이해가 안 돼…

가서 살펴봐야겠어.

판, 박쥐로 변해서 살펴봐 줘.

싫어! 아무래도 느낌이 안 좋아! 못해!

리라! 여기 있으면 안 돼! 돌아가자!

이봐, 너! 누구니?

내 데몬?

네가 내 데몬을 갖고 있어?

쟤 데몬은 어디 갔어?

고블러…

…그들이 가져가 버렸어!

영혼이 없는 아이라니… 그래서
진실 측정기가 유령을 말했군.

이름이 뭐니?

팀
마카리오스.

모두 꼼짝 마!

거기! 곰 위에 올라탄 너! 너 악령이냐?

아뇨. 우린 그저 이 아이를
찾아왔어요,

갑옷이
필요
없다더니,
어?

쟨 아이가 아니야. 저건 심지어
인간도 아니야.

부끄러운 줄 아세요.
어쩔 수 없이 당한 일이잖아요.

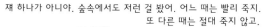

쟤 하나가 아니야. 숲속에서도 저런 걸 봤어. 어느 때는 빨리 죽지.
또 다른 때는 절대 죽지 않고.

데려가! 빨리 데려가서 절대 돌아오지 마.

리라, 꼭 잡으라고 전해라.

나를 꼭 붙들고, 리듬에 몸을 맞추면 금방 익숙해질 거야.

내 고양이 래터가 어디 있는지 모르겠어. 어디서 찾을 수 있을까?

곧 찾을 거야, 팀. 그리고 고블러도 혼내 줄 거고.

세상에나!

볼반가르에서 그들이 이런 짓을 한단 말이야? 아이들의 데몬을 잘라 가는 것?

파 경, 그렇게 뛰쳐나가서 죄송해요. 하지만 진실 측정기가…

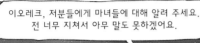

진정해라, 리라… 진실을 알게 돼서 다행이야.

레이먼드 족장, 이 아이를 부탁하네.

저 아이에게 다가가면 안 돼요. 불운을 가져올 겁니다.

그럼 됐어요. 제가 돌볼게요.

이오레크, 저분들에게 마녀들에 대해 알려 주세요. 전 너무 지쳐서 아무 말도 못하겠어요.

가자, 팀.

내 데몬 래터도 내가 여기 있는 줄 알까?

리라...

리라!

네가 그렇게까지 노력했는데 안됐다만,

그 꼬마가
한 시간 전에
죽었단다.

아무도 데몬 없이는
살아남을 수 없어.

이 아이가
안고 있던
물고기는요?

무슨 상관이냐?

지가 먹었나?

함부로 웃지 마세요. 저 아이를
비웃으면 폐를 뜯어 버릴 거예요.

이 아이가 의지할 거라곤 그 물고기뿐이었어요. 누가 가져갔어요?

진정해라,
아가.

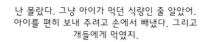

난 몰랐다. 그냥 아이가 먹던 식량인 줄 알았어.
아이를 편히 보내 주려고 손에서 빼냈다. 그리고
개들에게 먹였지.

칼 좀 빌려주세요.

래틀

도움이 되면 좋으련만, 팀.
조던 대학의 학자들이
묻힐 때처럼 해 줄게.

뭐 해?

파더 코람의 썰매에서 뭘 훔치는 거야?

훔치는 게 아니야. 이건 나를 공격했던 끔찍한 스파이 파리야.

이게 또 다른 사람을 해치면 안 되니까.

우리 얘기가 들리면 어쩌지?

절대 열리지 않게 단단히 땜질해 달라고 이오레크에게 부탁해야겠어.

끝났어요?

응, 완전히 붙여 버렸다.

이걸 열려면 강철 턱이 필요할 거야.

감사해요, 이오레크. 이제 안심이에요.

이것도 받아라. 진실 측정기를 보호해 줄 거야.

고마워요, 이오레크. 정말 좋네요.

데몬이 없으면 힘들지 않아요? 외롭지 않으세요?

곰은 원래 외로운 존재야.

스발바르의 곰들도요?

난 이제 스발바르의 곰이 아닌걸.

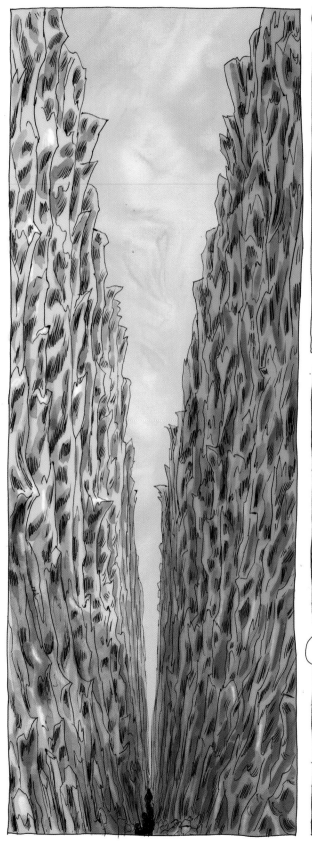

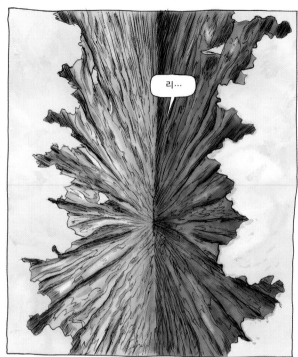

리...

이오레크와 그의 갑옷을 열기구에
실어 주실 수 있어요?

해 본 적 있지.

그를 타타르족으로부터 구해 준
적이 있거든. 함정에 빠뜨려 잡은
뒤 굶겨 죽이려 했어.

곰은 절대 날지 않지만,
리가 날 그렇게 구했지.

타타르족이 인간의 머리에 구멍을 뚫는다는 거 아셨어요?

오, 물론. 그들은 수천 년간 서로에게 그 짓을 해 왔지.

그들은 먼저 머리 가죽을 반원 모양으로 도려낸다. 그런 뒤 머리뼈에 작은 구멍을 내지. 뇌를 건드리지 않게 아주 조심하면서 말이야…

그다음에 가죽을 다시 꿰매 붙여.

전 그들이 적들에게 그런 짓을 하는 줄 알았어요!

전혀 아니야. 천공술이라고, 엄청난 특권이야. 그렇게 하면 신이 그들에게 말을 건넬 수 있다는군.

그렇다면 슈타니슬라우스 그루만도 타타르족의 친구였다는 뜻이네요. 그의 해골에도 구멍이 있었거든요.

탐험가 그루만 말이냐? 그 사람을 알아?

네, 그의 머리를 봤어요. 우리 아빠가 찾아서 조던 대학의 학자들에게 보여 줬어요. 그의 머리 가죽까지 모두 벗겨져 있었죠. 그랬더니 학자들이 탐험에 필요한 모든 비용을 아빠에게 지원해 줬어요.

그럴 리가 없어. 타타르족은 적에게 천공을 하지 않아. 머리 가죽을 벗기지. 네 아빠가 아마 학자들을 속인 걸 거야.

그루만의 머리가 아닐 수도 있어. 우리가 듣기로 그는 예니세이강에서 타타르족과 함께 살고 있었거든.

그럼 일부러 꾸며 낸 걸까요?

네 아빠는 교활한 사람이잖니.

맞아요… 학자 무리 따위는 얼마든지 속일 수 있죠.

내일이면 볼반가르에 도착한다.

113

존 파!

안개가 밀려오고 있어요.

볼반가르로 가는 정찰 여행이 지금부터 어려워지겠군요

잠깐…

리라!

이 안개가 언제까지 이어질지 알려 줄 수 있니?

이런, 안 돼!

왜?

쉭!

!?

쉭!

무기를 갖춰!

이름이 뭐냐?

이거 봐!

이름이 뭐냐고! 말해!

리... 어... 리지 브룩스요.

그런 넌, 넌 뭐야?

우린 사모예드 사냥꾼이다.
네 일행은 다 누구야?

무역상이요.

무역상? 판제르비에르네와 함께?

네... 저희를 지켜 주고 있어요.

소용없었네! 하하, 경호 실패!

재밌는 농담이군.
하하!

절 어디로 데려가시는 거예요?

좋은 데로 데려가지. 맛있는 음식, 따뜻한 침대, 친절한 사람들이 있는.

내 친구들이 당신들을 찾아내서 죽일 거예요.

리라... 저들이 존 파를 죽였어. 그가 쓰러지는 걸 봤어.

아무래도 느낌이 안 좋아.

지금도 진실 측정기 가지고 있어?

내 코트 주머니에… 그리고 신발 속엔 스파이 파리 깡통이 있어.

길 잃은 아이입니다. 넘겨드리죠.

수고하셨어요, 족장님.

너 영어 할 줄 아니?

네.

빨리 들어와라.

우리가 여기서 널 돌봐 주마. 걱정 마.

여기가 볼반가르예요?

이름이 뭐니, 아가?

리지요. 어... 리지 브룩스요.

이리 오렴.

우리는 둔하고 어수룩한 척 해야 돼, 리라...

건강해 보이는구나. 몇 살이니?

열한 살이요.

옷을 벗으렴. 샤워를 해야겠어. 약간 냄새가 나는구나.

나이에 비해 체구가 작네, 그렇지?

이걸 입으렴.

그냥 제 옷을 입을게요.

음, 다음에.

우리가 깨끗하게 빨아서 갖다줄게.

이게 뭐야?

별거
아네요.

장난감이에요.

아주 예쁜데?
나침반처럼 생겼어.

그냥
장난감이에요.

제 것이고요.

포근한 곰 인형이 낫지 않겠니? 예쁜
인형은 어때?

진정해, 리, 리지.

이거 받으렴,
아가.

감사합니다. 제 장난감도 갖고
있어도 되죠?

그럼. 일단 옷
입으렴.

옷 갈아입을 때 누가
보고 있으면…

자, 빨리 입어. 나도
바쁘니까.

네,
간호사 선생님.

다 입었어요.

배가 고플 거야.

이쪽으로 오렴.

다른 사람들은
어디 있어요?

먹으렴. 정말
맛있단다.

아주 운이 좋구나, 리지. 널 찾은 저 사냥꾼들이 최고의 장소로 널 데려왔어.

절 찾은 게 아니에요. 납치한 거라고요.

오, 그런 게 아니야.

일행을 놓치고 혼자 헤매는 너를 사냥꾼들이 찾아서 여기로 데려온 것 같은데.

전투로 사람들이 죽는 걸 제가 봤어요.

넌 그렇게 생각하겠지.

날씨가 너무 추우면 그러기도 한단다. 나도 모르게 잠이 들었다 악몽을 꾸는 거지. 그러면 뭐가 진짜고 뭐가 꿈인지 분간을 못 해.

그들은 제 친구라고요!

부모님은 계시니, 리지?

아빠가… 어…

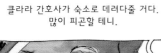

클라라 간호사가 숙소로 데려다줄 거다. 많이 피곤할 테니.

저 안 피곤해요…

수면제를 먹인 게 분명해.

정신 차려! 일어나!

새로 들어온 사람에겐 늘 그러더라고. 진정을 시켜야 한다나.

여기가 어디예요?

존 파가 화살을 맞았어. 쓰러지는 걸 내가 봤다니까.

죽진 않았을 수도 있잖아. 안개가 너무 짙어서 선명히 보이지도 않았어.

여기서 꺼내면 너무 위험해! 어쨌든 아무도 이오레크를 막을 수 없어. 그가 우릴 구해 줄 거야. 그다음에 리 스코즈비의 열기구를 타고 스발바르로 날아가서 아빠를 구하면 돼.

진실 측정기에 물어보지 그래?

콜터 부인을 잊었나 보군.

잊지 않았어, 판. 부인 때문에 내 이름을 리지로 바꾼 거야.

죽이 너무 싫어.

리지, 뒤에 누가 있는지 좀 봐.

로저!

음식 싸움 하자!

당장 그만둬!

?!

리라!

리라, 그 사람들이 너도 잡아왔어?

응, 하지만···

···여기선 리지라고 불러야 해. 리라는 절대 안 돼. 이유는 나중에 설명해 줄게.

어··· 알았어.

잘 들어, 리지. 그들이 데몬을 네게서 떼어 놓을 거야. 네가 죽는지 안 죽는지 보려고 말이야.

그러는 걸 본 적 있어?

아니, 하지만 내 말을 믿어야 해. 여기서 만난 어떤 남자애에게 그런 짓을 했어. 팀 마카리오스라고. 그의 데몬 이름은─

래터였지. 팀은 죽었어. 우리가 잘 묻어 줬어.

누가 묻어 줬다고?

나중에 얘기해 줄게. 여기 사람들이 실험을 하는 곳은 어디야?

다른 건물이야. 머리에 구멍을 뚫는다는 얘기도 들었어.

여기서 도망쳐야 해. 혹시 빌리 코스타도 여기 있니?

응··· 그리고 내가 숨을 곳을 찾아 났어. 천장 판자 위에 공간이 있어. 그냥 들어 올린 다음에 기어 올라가면 돼.

너! 따라와!

도대체 왜 그런 짓을 벌이는지 이해를 할 수가 없구나. 널 불쌍하게 봐 줄 거라곤 꿈에도 생각 마라.

식당을 다 청소하고 나면 바로 네 방으로 돌아가… 저녁밥은 없을 줄 알아!

여기는 진실 측정기를 쓰기엔 너무 위험하다며?

쉿! 집중하고 있잖아.

리, 리지?

!?

빌리! 너 어떻게…?

천장을 통해 왔지.

로저가 네가 날 찾았다고 하던데.

빌리 코스타! 당연히 널 찾았지! 네 형제들이 오고 있어. 존 파랑 집시 일족들도 전부. 그들이 널 집으로 데려갈 거야.

알고 있어. 그런데 언제쯤 도착할까?

곧 알게 될 거야. 하지만 지금은 일단 돌아가. 그들이 여기서 널 발견하면 안 되니까.

저 남자애는 누구야?

!!

남자애라니?

여기는 여자 기숙사야.

내가 바보인 줄 알아?

물론 아니지.

넌 여기서 무슨 일이 벌어지는지 다 알고 있잖아.

그들은 내가 퉁퉁하니까 바보인 줄 알아. 하지만 난 아주 많은 걸 알고 있다고.

잘 들어, 일반 건물과는 다르게 생긴 건물이 하나 있어…

위이이이이이이이이이이이이이이이이이이이이이이이이이이이이이잉

화재 경보야!

빨리 코트랑 부츠를 챙겨!

난 아무것도 없어. 그들이 내 옷을 다 가져갔다고!

위이이이이이이이이이이이이이이이이이이이이이이이이이이이이이잉

?!

위이이이이이이이이이이이이이이이이이이이이이이이이이이이이이잉

네 물건 챙겨, 이 아둔한 녀석!

얘들아, 여길 보거라.

화재가 난 게 아니야! 새로 개발한 훈련이다.

위이이이이이이이이이이이이이이이이이이이이이이이이이이이이이잉

옷을 든든히 입는 법을 배워야 하고…

저 큰 건물 보이지? 저들이 바로 저기서 실험을 한대.

그럼 저길 가 봐야겠어.

그리고 차분히 건물 밖으로 나가는 법을 익힌다. 경보를 들으면…

말도 안 돼!

도와줘. 절대로 들키면 안 돼.

위이이이이이이이이이이이이이이이이이이이이이이이이이이이이이이이이이이이이이잉

맙소사, 누가 저 시끄러운 경보 좀 끌 수 없어?

이봐, 네가 내 데몬 건드렸어?

?!

이이이이이잉

드디어!

그것도 데몬이냐?

빌리, 로저… 따라와.

내 데몬이 네 데몬 따위는 당장 잡아먹을 수도 있어!

아 그러셔?

크르르릉

크르릉

이봐, 싸움이야!

우아!

저게 대체 무슨 일이야?

해치워!

한 방 먹여!

그르르르

난 용한테 걸겠어!

피가 나는걸!

물어!

크르르르

불꽃이다!

용을 죽여!

덤벼, 공룡!

126

이런, 잠겨 있어.

저것 봐, 새야!

리라! 네가 여기 있을 줄 알았어! 지금 뭐하는 거야?

카이자!

왜 여기에 들어가려고 하는 거야?

저들이 여기서 하는 짓 때문이야. 아이들의 데몬을 떼어 놓고 있어. 내 생각엔 여기서 그 일을 하는 것 같아.

쟤는 누구야?

카이자는 마녀 세라피나 페칼라의 데몬이야.

데몬이 혼자 다녀?

내가 문을 열어 줄게.

칠칵!

나 마술은 처음 봐!

서둘러야 해. 우리가 없어진 걸 금방 눈치챌 거야.

카로사 이겨라!

명령이다!

밟아 버려, 키릴리온!

명령을 들어!

127

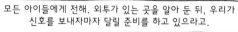

모든 아이들에게 전해. 외투가 있는 곳을 알아 둔 뒤, 우리가 신호를 보내자마자 달릴 준비를 하고 있으라고.

신호라니?

당장 조용히 하지 못해?

화재 경보 말이야. 때가 되면, 내가 경보를 울릴 거야.

이제 그만해!

경고한다…

대가를 치르게 될 거야!

화재 훈련은 끝났어. 줄 맞춰서 각자 방으로 돌아가. 절대 소리 내지 말고!

이게 웬 아수라장이야. 너희들이 이렇게까지 질서를 못 지킬 줄은 몰랐다.

?!

이제 곧 도착합니다, 콜터 부인.

흠, 내가 계속 감시하겠어, 리지 브룩스.

아아, 또 역겨운 죽이야!

다른 음식은 알지도 못하나?

며칠 전에 도와줘서 고마워.

네가 온 후로 확실히 이곳에 활기가 생겼어.

그 건물에서 뭘 봤는지 말해 줘. 내 말이 맞았어?

그보다 더 나빠.

하지만 곧 끝날 거야... 우릴 구하기 위해 사람들이 오고 있어. 내일쯤이면 도착할 거야. 더 빠를 수도 있고,

우아!

부인이 돌아왔어. 너무 아름답다.

음식은 충분하니?

네, 부인. 제 편지는 엄마 아빠께 보내 주셨나요?

그럼. 답장도 금세 보내 주실 거야.

이쪽으로 오고 있어! 어떻게든 해 봐!

?!

리지! 대체 무슨 짓이야?

하하하!

이게 무슨?!

그게, 어...

실례합니다...

소장과 위원회가 모두 회의실에 모였습니다.

저 원숭이는 정말 최악이야... 저게 내 카로사를 공격해서 거의 죽일 뻔했어. 난 힘이 부족했고, 그렇게 여기 잡혀 오게 됐지.

우리도 다 그렇게 잡혔어.

회의실은 뭐야?

내가 거기로 끌려간 적이 한 번 있었는데...

스무 명 정도가 모여 있었어. 물론 부인도 있고.

그중 한 명이 강의를 하고 있었고, 나는 그들이 시키는 대로 해야 했지.

그러면 안 되는데도, 그들은 멋대로 내 데몬을 데려갔어. 그러곤 가능한 한 멀리 우릴 떨어뜨렸지.

그런 고통은 태어나서 처음이었어.

어디 가, 리지?

곧 올게.

리라, 안 돼!

지난번에 네가 스파이 게임 한다고 하다가 어떻게 됐는지 기억 안 나?

존 파와 이오레크가 구하러 올 때까지 우린 그저 참을성 있게 기다려야 해.

쉿. 방향을 찾아야 한단 말이야.

경보 시스템은 소용이 없었습니다.

일부러 방해한 걸까요? 어떻게 생각하십니까? 실험실을 지키는 사람이 있지 않아요?

자, 정말로 직원의 소행은 아니라고 생각하십니까?

그게 아니라면 뭐예요?

한 아이가 한 짓일 수도 있어요. 그 아이가 온갖 소동을 도맡아 일으키는 것 같거든요.

엉망이군요! 하지만 오늘은 이 정도로 하죠. 신형 분리기에 대해 더 설명해 보세요.

사실, 아스리엘 경의 신기한 발견이 신형 분리기의 열쇠였습니다. 그가 망간과 티타늄의 합금에서 인간과 데몬을 분리하는 특성을 찾아냈거든요.

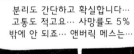

분리도 간단하고 확실합니다…
고통도 적고요… 사망률도 5%
밖에 안 되죠… 앤버릭 메스는…

안 돼! 우리에게 저런
짓을 하다니. 절대
가만두지 않을 거야…

드디어 새로운 분리기를
만들었습니다. 단두대와
비슷하게 보이실
텐데요…

합금 철망으로 된 방에 아이를
넣습니다. 그곳과 연결된 비슷한 방엔
데몬이 들어가죠. 거기서 칼날이
둘 사이로 떨어지면 연결이
끊어집니다.

가능한 한 빨리 실험해 봐야겠어요.

하지만 오늘은 너무 피곤하니
돌아가 자야겠군요.

콜터 부인,
말씀해 주세요…

…아스리엘 경은 어떻게 됐습니까?

스발바르로 추방되었는데도 아스리엘 경은 이단적 연구를 끈질기게
계속했어요. 아무래도 종교 재판에서
처형이 결정될 듯해요.

궁금증이 해결되셨나요,
쿠퍼 박사님?

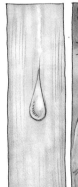

그럼요, 콜터 부인.

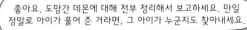

좋아요. 도망간 데몬에 대해 전부 정리해서 보고하세요. 만일
정말로 아이가 풀어 준 거라면, 그 아이가 누군지도 찾아내세요.

물론 저는 아스리엘 경의 이론을 인정하지 않습니다만…

…부인의 태도가 걱정스럽습니다… **개인적** 관심이 거의 잔혹한 수준이에요.

쉿! 목소리 낮추세요.

존스 신부 말이 맞아요.

첫 번째 실험 기억나십니까? 부인이 과도하게 열중해서 아이와 데몬을 갈라놓았던…?

리지?!

이 더러운 꼬맹- 윽!

빨리 잡아!

으아악!

이 아이는 누구야?

새로 온 애예요.

설마 저 애가… 데몬들을…?

그러고도 남죠. 하지만 혼자 했을 리는 없는데?

쟤를 다른 아이들과 함께 둘 순 없어요. 그렇다면 오직…

아침까지 놔둘 순 없어요. 콜터 부인이 보고 싶어 하니까요. 데려갑시다.

지금 바로 하면 성체위원회에 실책을 보고하지 않아도 되니까요.

서두릅시다, 깨어나고 있어요.

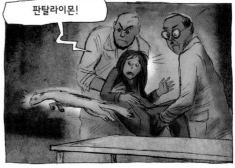
판탈라이몬!

안 돼…

안 돼! 이거 놔!

내 소중한 아가, 도대체 어떻게 여기 오게 된 거니?

길을 잃었어? 누가 널 아파트에서 끌어냈니?

목숨을 지키려면 착하게 굴어야 해.

원숭이 감시해. 진실 측정기를 노릴 거야.

어떤 남녀가 절 납치했어요. 파티에 온 손님이었던 것 같아요. 저를 아래층으로 유인해서는 차에 태웠어요.

어떻게든 도망쳤지만, 전혀 모르는 곳이었어요. 돌아오는 길을 찾으려다 이 고블러들에게 잡혔고요. 그들이 저를 배에 태웠는데 그 뒤로 어디를 다녔는지는 모르겠어요…

저런, 불쌍한 우리 아기. 저 사람들이 널 여기로 데려왔니?

아뇨, 처음엔 저를 북극으로 데려가려 했어요…

그르르르

…거기서 도망쳤지만 사모예드 사냥꾼들이 금세 저를 잡았고, 그들이 저를 여기에 팔았어요.

정말 무서웠어요! 그리고 그들이 저와 데몬을─ 저와 데몬을 잘라 내려고─ 이유가 뭐예요? 전 잘못한 것도 없는데!

저런저런… 이제 안전하단다, 아가. 아무도 널 해치지 않아, 리라야.

그르르르르

하지만 다른 애들에겐 하잖아요! 왜요? 전부 더스트 때문이죠? 그렇죠?

아, 얘야…

그건 사실…

아이들을 위해 하는 일이란다.

더스트는 사악하고 위험해. 어른과 그들의 데몬은 이미 더스트에 너무 깊이 잠식되어 어쩔 수가 없지. 하지만 아이들에게는 미리 조치를 취하면 더스트가 달라붙지 못하게 할 수 있거든. 그러면 아이들이 안전해지고—

아이들의 데몬을 억지로 떼어 가진 않아! 살짝 잘라 내는 것뿐이고, 그러면 만사가 평화로워져. 살짝 한 번 잘라 낼 뿐이라 느낌도 거의 없어. 데몬과 계속 같이 지낼 거야. 연결되지 않을 뿐이지. 그러니까 마치…

너나 잘해,
이 구역질 나는 짐승!

근사한 반려동물과 지내는 것처럼 말이야. 세상에서 제일 멋진 반려동물! 너도 좋지 않아?

그리고 한 가지 더 있어, 리라야. 떠나기 전에 조던 대학의 총장님이 네게 뭘 주셨을 거야. 그러곤 나한테는 말하지 말라고 했지, 그렇지?

내가 네 비밀에 대해 알고 있어서 놀랐겠구나. 하지만 걱정 마, 아가. 넌 말하지 **않았으니** 약속을 지킨 거야, 그렇지?

저리 꺼져!

하지만, 그건 총장님 물건이 아니야… 내가 가지고 있는 편이 훨씬 안전하지, 그렇지 않니?

으르르르릉

진실 측정기는 매우 오래되고 귀중한 물건이란다.

정말 희귀해서 그걸 본 사람조차 몇 안 될 정도야. 물론 아이들이 갖고 놀 물건도 아니지. 내가 잘 보관할 테니 주지 않겠니? 근데 저 재밌는 물건은 뭐야?

신기하게 생긴 깡통이네! 저 속에 뭐가 들었니? 땜질을 한 모양인데 열어 봐, 오지만디아스!

위이이이잉   위이이이잉

으아아아악!

이게 뭐야?

리라, 기다려…

세상에, 스파이 파리잖아!

리라!

위이이이이이이이이이이이이이이이이이이이이이이이이잉

모두 잘 들어!

목숨을 건지려면 뛰어야 해!

저 빛을 따라가— 출구로
데려가 줄 거야!

잠깐!

우린 끝났어.

아냐, 안 끝났어!
잘 봐!

이거나
먹어라!

빌리, 그러다 우리
다 죽어.

이게 지금 장난으로 보이냐?

내 명령에 따라...

훅!!

마녀들이 우릴 도우러 왔어! 뛰어!

악마!

리라, 조심해!

이오레크!

내가 집시들이 있는 곳까지 돌진할 테니 내 뒤를 따라와!

크왕!

가자!

우린 어디로 가는 거야?

나도 몰라— 일단 따라가자.

발이 얼어서 느낌이 없어.

숙소로 돌아가고 싶어. 거긴 따뜻한데.

일어나, 마사!

얼른 가야 해, 가자!

돌아가면 고블러가 차와 쿠키를 내주며 환영할 줄 알아?

와, 저것 봐. 두 번째 태양이야!

그게 아니라 저건…

149

이 친구가 그 유명한 로저구나. 네가 여기까지 구하러 온.

네…

…아빠까지 구하고 나면 우린 같이 조던 대학으로 돌아갈 거예요.

아빠라니?

네 아빠가 누구야?

아스리엘 경. 그리고 콜터 부인이 내 엄마야.

뭐? 왜 미리 말 안 했어?

나도 얼마 전에 알았어.

하지만, 너 혼자 조던 대학으로 돌아가는 편이 낫다면…

네가 이렇게까지 날 구해 줬는데? 내가 겁쟁이인 줄 알아?

네가 살아 있다는 건 알고 있었어. 거위 카이자가 말해 줬거든.

응, 그리고 우리가 실험실에 갇힌 데몬들을 다 풀어 줬어.

리라가 풀어 줬지. 우린 그저 겁에 질려 있었잖아.

스파이 파리는 현명하게 활용했니?

제가 그걸 써먹은 줄 어떻게 아셨어요? 의도한 바는 아니었지만, 무슨 일이 있었는지 말씀드릴게요…

벌레가 콜터 부인 데몬의 얼굴에 달려들었어요. 엄마가 다쳤는지 죽었는지는 확실히 몰라요.

파더 코람, 벌레를 몰래 가져간 건 당신을 보호하기 위해서였어요. 사람들 모두를요.

음, 건물이 폭발할 때 벌레도 죽었기를 바라자.

?!

크오오오오오

아얏!

누구세요?

마녀 메데이아란다.

판탈라이몬!

혹시 마녀는 처음 보니?

뛰어, 이오레크!

됐어! 이제 다 탔군!

탕!

탕!

반갑소, 오랜 친구.

?!

탕!

세라피나!

탕!

타앙!

이렇게 만나니 너무 부끄럽군요.
난 이제 영락없는 늙은이인데.

하지만 마음만은 여전히 강인하지요.
당신의 심장 소리를 들을 수 있어요.

고오오오오오오오오오오오오오오오

잘 가요… 리라를 부탁하오.

타타르족이
도망치고
있어!

만세!

얼음과자가 되기 전에 얼른 털가죽으로
꽁꽁 싸매렴.

스코즈비 씨, 우릴 어떻게 찾으셨어요?

마녀들이 가르쳐 줬지. 그리고 너와
얘기를 나누고 싶어 하는 마녀가 있었다.

마침 저기 오고 있네, 세라피나!

리라!

스코즈비 씨가 말하길, 네가 스발바르에
있는 아스리엘 경에게 가고 싶어
한다던데. 왜지?

물론 아빠에게
진실 측정기를
주려고요!

아니면…
그의 탈출을 도우려고…
어쨌든 시도라도.

그래, 맞아!

그럼 네게 몇 가지 얘기를 해 줘야겠구나.

더스트에 대해서요?

응. 다른 얘기도 있고. 하지만 지금은 네가 너무 피곤하고 앞으로도 긴 비행이 될 테니, 내일 일어나서 얘기하자.

저 안… 피곤해요…

3부

스발바르

지금 기온이 영하 30도야. 그리고 우린 북극으로 직행하고 있어. 맞죠, 스코즈비 씨?

정확히 알고 있구나, 리라! 내 일을 물려받을 생각은 없니?

세라피나 페칼라!

네, 스코즈비 씨?

드릴 말씀이 있어요…

…단둘이서요.

음, 그러시다면…

…이 정도면 될까요?

리라는 꽤 중요한 아이예요, 그렇죠?

그럼요. 자기가 알고 있는 것보다 훨씬 더요.

저도 그렇게 생각해요. 그런데 우린 전쟁터로 가고 있지 않습니까?

게다가 이오레크까지 함께 있으니, 스발바르에 내리자마자 아주 난리일 거예요, 그렇죠?

그렇겠죠.

분명 전투가 있겠죠. 하지만 전에도 싸워 보셨잖아요.

그럼요, 전투에 고용됐을 때는요.

162

하지만 이건 제가 계약한 일이 아니에요. 지금 전 제 목숨과 비행선을 이 전쟁에 걸고 있어요. 얼마나 위험한지 알아야겠어요.

선택을 하기엔 이미 너무 늦었어요, 스코즈비 씨.

당신의 여정에 리라가 나타난 순간, 당신은 더 이상 용병이 아니에요. 이제는 자신을 충성스러운 병사라고 생각해야 해요.

내가 당신이 벌인 게임의 졸병이란 말씀입니까. 무기를 들지 말지는 내가 선택할 일이라고 생각하는데요.

졸병이라뇨. 당신의 역할은 막중해요. 우린 당신에게 큰 기대를 걸고 있어요.

곧 아실 거예요, 스코즈비 씨. 이 아이에 대한 신비로운 예언이 있어요. 이 아이는 운명의 결말을 만들어 낼 운명을 지녔어요.

하지만 자기가 하는 일의 의미를 모른 채 해 나가야 하죠…

…이 모험이 전부 자신이 하고 싶어서 하는 일일 뿐 운명이 정해 준 일이 아니라고 생각해야 해요. 누가 이 아이에게 일을 정해 준다면, 전부 실패할 거예요. 죽음이 전 세계를 휩쓸겠죠. 그리고 절망이 영원한 승리를 차지하고요.

스발바르까지 얼마나
남았어요?

바람만 없다면 대략 열두 시간 안에
스발바르에 도착할 거야.

우린 어디에
내려요?

날씨에 따라 달라. 일단 절벽은 피해야지. 거기엔 흉악한
짐승들이 살고 있거든.

내가 아스리엘 경을 찾아내면
어떻게 되는 걸까?

리라,
조심해!

그가 내 아빠라는 걸
알고 있다고 말해야 하나?

그가 옥스퍼드에 돌아가려고 할까?

아닐 것 같아, 리라.

다른 세계에서 중요한 일이 생긴 듯해. 오직 아스리엘 경만이 그 세계와 이 세계를
연결할 다리를 만들 수 있어.

하지만 그에겐 도움이 필요하지.

진실 측정기!

그래서 총장님이 내게 진실 측정기를 주신 거야!

리라, 지금 무슨 짓이야?

아빠가 이 진실 측정기로 다리 만드는 법을 알아낼 거야! 그때 나도 도움을 줄 수 있겠지. 지금은 나도 남들 못지않게 측정기를 읽을 수 있으니까.

그의 임무가 무엇일지는 아직 모르겠어. 우리에게 예언을 주는 힘도 있지만, 그 위에 존재하는 힘도 있거든. 심지어 가장 높은 곳에서조차 알 수 없는 비밀도 있지.

진실 측정기가 알려 줄 거예요!

이제는 읽을 수 있어요...

좀 자야하지 않겠니?

피곤하지 않아요.

좀 추울 뿐이에요. 춥지 않으세요, 세라피나 페칼라?

우리도 추위를 느끼지. 하지만 괴롭지 않으니 상관없어.

그리고 추위를 막기 위해 두꺼운 옷을 입으면 다른 것까지 전부 느끼지 못하거든.

별들의 빛나는 간질거림이나, 오로라의 음악 같은 거. 그중에서도 달빛의 부드럽고 매끄러운 감촉을 가장 좋아하지.

추위 따위는 얼마든지 감수할 수 있어.

저도 느낄 수 있을까요?

리라, 죽으려고 작정했어?

넌 코트를 벗으면 살아남지 못해. 얼른 여미렴.

이오레크 뷔르니손은 고귀한 혈통을 가졌어요. 왕자였거든요.
사실 이오푸르 락니손이 속임수로 왕좌를 빼앗지 않았다면 지금쯤
왕이 되었을 거예요.

곰은 속일 수 없는
줄 알았는데…

…아니면 곰은 오직 곰만이
속일 수 있을지도.

아니면 트롤선드의 사람들이 그를 속인 거 아닐까요?
그에게 술을 먹인 뒤 갑옷을 빼앗고…

곰은 원래 술을 마시지 않아요. 곰이 사람처럼 행동할 때에는
속일 수 있을지도 모르죠.

아, 맞아요. 현명한
말씀이에요.

당신이 말해 주지 않았다면 몰랐을
거예요. 당신이 콜터 부인보다 훨씬
현명한 것 같아요.

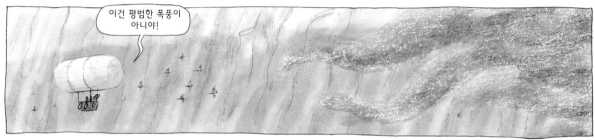

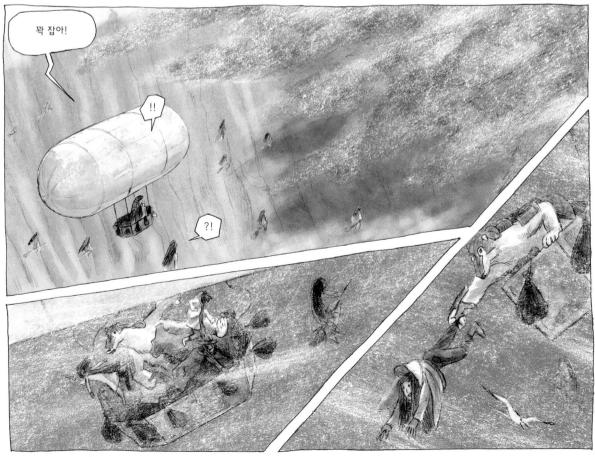

우린 너무 높아. 풍선에서 수소를 좀 빼서 내려가야겠어.

내 털을 꼭 잡아, 얘들아. 절대 놓으면 안 돼!

으아아아아!

캬아아아악!

절벽 박쥐야!

끝내준다.
하나도 안 아파!

진실 측정기는?

부서지지 않았어, 어휴!

열기구는
어디 있지?

로저어어!

열기구 바구니에서
빠져나왔는지
못 봤어.

우리가 찾아봐야겠어. 분명 어딘가에
착륙했을 거야.

이바요오!

소리는 지르지 마.
다른 사람이 들을 수도
있잖아. 여긴 친구만
있는 게 아니야!

우리 모래주머니다!
다시 위로 올라가기 위해
여기 떨어뜨린 모양인데…

올라가? 그럼 우릴
버리고 떠났다는
뜻이잖아.

너!

이름이 뭐냐?

이 상황에서 도대체
어떻게 빠져나가지?

저기 봐!

스발바르야!

쉬이잇!

정말 이래도 돼, 리라?

인사 올립니다, 위대한
왕이시여.

아, 제 인사입니다. 그는 아니고요.

?!

그가 누구냐? 누굴 얘기하는 게야?

이오레크 뷔르니손입니다, 전하.

제가 아주 중요한 비밀을 여쭙고자 합니다.

하지만 저와 단둘이서 조용히 보셔야만 합니다... 데몬에 관한 이야기거든요.

내가 그런 데 관심이 있을 성 싶으냐?

!!

너희들! 전부 나가!

네가 누군지 밝혀라. 데몬에 대해 무슨 얘기를 할 테냐?

제가 바로 데몬입니다, 전하.

뭐?
누구의 데몬?

이오레크 뷔르니손입니다.

크와아아앙!

전하, 저를 해치시기 전에 일단 기회를 주십시오. 제가 전부 설명해 올리겠습니다.

사실 저는 전하를 돕고 싶습니다. 이오레크 뷔르니손이 최초로 데몬을 가진 곰이지만, 원래는 전하가 가졌어야 해요. 당연히 저도 전하의 데몬이 되고 싶고요. 그러니 온갖 위험을 무릅쓰고 여기까지 찾아오지 않았겠습니까.

어떻게? 어떻게 곰이 데몬을 가졌지? 그리고 왜 하필 이오레크지? 그리고 너는 어떻게 그에게서 이렇게 멀리 떨어져 있지?

그건 간단해요. 저는 마녀의 데몬과 비슷하거든요.

그들은 마녀와 수백 킬로미터도 떨어져 있을 수 있어요.

그리고 이오레크가 어떻게 저를 갖게 됐는지도 말씀드릴 수 있어요. 그건 볼반가르에서 이뤄진 일이죠.

콜터 부인이 이미 볼반가르에 대해 말씀해 주셨겠죠...

하지만 거기서 하는 일을 전부 알려 주진 않았을 거예요. 특히 동물을 위한 인공 데몬을 개발하는 연구에 대해서는요.

이오레크가 스스로 실험에 참가했어요. 그리고...

...그들이 데몬을 만들어 줬죠. 그게 저, 리라예요.

조심해, 리라. 거짓말을 하다 꼬이면 안 돼!

사람들의 데몬은 동물 모양이죠.

하지만 곰의 데몬은 사람 모양이에요.

저는 그의 데몬이고요. 저는 그는 그의 마음을 알 수 있을 뿐 아니라, 어디에 있는지 무엇을 하는지도 정확히 알 수—

지금 그놈은 어디 있는데?

스발바르예요. 하지만 엄청난 속도로 이곳으로 오고 있어요.

정신이 나갔군! 우리가 산산조각을 낼 텐데!

그는 저를 원하니까요. 저를 되찾으러 와야죠.

하지만 저는 그의 데몬으로 살기 싫어요. 전하의 데몬이 되고 싶어요.

데몬을 가진 곰이 얼마나 막강한지 일단 알게 되면, 볼반가르 사람들은 다신 그 실험을 하지 않을 거예요.

이오레크가 데몬을 가진 유일한 곰이 되겠죠. 그리고 제 도움을 받으면, 그는 모든 곰의 지도자가 되어 당신을 해치울 수 있어요. 그러려고 스발바르로 오는 거고요.

크어어엉!

그래서 제가 전하를 가장 사랑하는 거예요. 전하는 총명할 뿐 아니라 열정적이고 강인하니까요. 저는 이오레크가 곰들을 다스리는 상황은 싫어요. 전하가 다스려야죠.

저를 그에게서 빼앗아 전하의 데몬으로 만들 수 있는 방법이 딱 하나 있어요.

이오레크와의 결투에서 전하가 딱 한 번만 지면, 그의 힘이 전부 전하에게 흘러가면서 제 정신도 전하에게 들어갈 거예요. 만에 하나 그를 죽이면 저도 그냥 그와 함께 죽고요.

네가 정말 데몬인지 증명해라. 오직 데몬만이 알 수 있는 사실에 대해 말해 봐.

내가 처음으로 죽인 짐승이 뭔지 말해 봐라.

그러려면 방에 조용히 혼자 있어야 해요.

전하의 데몬이 되면 제가 생각하는 모습을 다 보실 수 있지만, 그 전에는 혼자 있어야 해요.

이 뒤에 대기실이 있다. 만일 거짓말이라면 죽음을 면치 못할 게야!

이 교활한 녀석! 그래서 저 포악한 곰이 누굴 제일 처음 죽였대?

자기 아빠야!

이오푸르가 젊었을 때 빙판 위에 혼자 있다가 그랬나 봐.

떠돌이 곰과 마주쳐서 실랑이를 벌이다 싸움이 됐고, 결국 이오푸르가 그를 죽였어. 곰들은 엄마 밑에서 자라고 아빠는 거의 만나지 못하거든. 그래서 나중에 자신이 죽인 곰이 아빠라는 사실을 알았을 때, 그는 그 일을 영원히 알리지 않기로 했지.

아주 상세하게 알아냈구나. 정말 전문가가 되고 있어!

쉬이잇! 주머니 속으로 들어가. 운이 조금만 더 따라 주면 이오푸르 락니손도 곧 따라 들어갈 거야!

그거 농담이지!

이럴 수가!

그런 일까지 다 볼 수 있다니 넌 정말 강력한 데몬이구나!

그리고 이오푸르 락니손 전하는 새로운 신이옵니다. 반드시 그렇게 되실 겁니다. 오직 신만이 그 정도의 힘을 가질 수 있으니까요.

저를 위해 이오레크와 싸워 주신다면, 경비 곰들에게 그를 공격하지 말라고 명을 내리셔야 할 텐데요.

나도 그럴 참이었다…

그리고 그가 왔을 때 저는 아직 그의 데몬인 척하겠습니다. 전혀 눈치채지 못하게 속일 수 있어요.

그래, 나도 그렇게 생각했어.

그리고 전하가 이오레크와 싸우기 위해 귀환을 명령했다고 알리세요. 그러면 곰들이 전하를 전보다 훨씬 더 존경할 겁니다.

그게 바로 내 생각이야.

그러면 백성들이 전하는 아무리 멀리 있는 짐승이라도 불러올 수 있다고 믿을 겁니다. 전하는 못하는 일이 없다고 생각하겠죠.

그래… 그게 바로 내가 원하던 바지.

위대한 결투를 위해 경기장을 준비해 두라고 명령을 내리겠다.

리라.

내가 갈게.

우린 곧 만날 수 있어.

조금만 기다려…

항복해라, 변절자!

갑옷 따위 아무 소용없다.

하지만 그래 봤자 내 분노만 아깝지.
네놈들의 가짜 왕을 위해 아껴 두겠어.

이오푸르 님은 이미 계획을 세워 두셨다.
따라와, 쓸데없이 반항하지 말고.

데몬도 음식을 먹어야 하는 줄은 몰랐는데.

인간 데몬은 먹어야 해요.

이오레크에 대해 말해 봐라. 얼마나 강하지? 지금은 어떤 전사가 되었나?

이제 이오레크는 판제르비에르네라고 할 수도 없어요. 한낱 주정뱅이일 뿐이죠.

예상한 대로군. 원래 약한 혈통 출신이거든.

끼어들어 죄송합니다, 전하…

…순찰병이 반역자를 잡았다고 합니다.

아! 그를 경기장으로 데려가게. 그리고 백성들을 전부 불러 모아.

!

그의 죽음이 내 위대함의 영광스런 증거로 남을 게다.

놈의 심장을 먹어 치우겠어!

걱정 마라. 너도 곧 완전히 내 데몬이 될 테니.

!!

내 전투 갑옷을 대령해라!

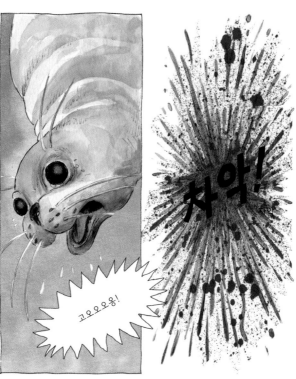

족쇄를 풀어.

그런 명령 받은 적 없어. 알아서 해!

전하, 제가 전에 드린 말씀을 기억하신다면…

그래, 그래. 얼른 가서 그를 속여.

아, 이오레크! 내가 무서운 일을 벌였어! 이제 곧 이오푸르와 싸워야 해. 아직 준비가 안 됐겠지만.

너무 배고프고 피곤할 텐데. 그리고 갑옷도 이오푸르에 비하면 너무 단순해.

걱정 마. 근데 무서운 일을 벌였다니 무슨 말이야?

그저 재치와 용기만을 가지고 이오푸르 락니손을 속이다니. 너 리라 벨라커가 아니야…

리라 실버텅*이야!

잘 싸워야 해, 사랑하는 이오레크. 진짜 왕은 그가 아니라 바로 너야.

고마워, 내 귀여운 데몬. 그와 싸우는 날만 기다려 왔어.

* Silvertongue: 말솜씨가 뛰어난 사람.

190

곰들아! 잘 들어라!

이 결투의 조건은 이렇다!

이오푸르 락니손이 나를 죽이면, 그가 영원한 왕이다. 앞으로 도전이나 갈등은 결코 없다.

하지만 내가 이오푸르를 죽이면, 내가 왕위에 오른다. 그러자마자 허세와 조롱으로 가득 찬 저 은박지 궁전을 부숴 버리고 대리석과 금 전부를 바다에 던져 버리라고 명령할 것이다.

곰에게 필요한 금속은 오직 하나, 강철이다!

철컹

곰들이여, 들어라!

이오레크 뷔르니손은 바로 이 몸이 불러냈다!

따라서 이 결투의 조건은 내가 정한다. 만일 내가 이오레크 뷔르니손을 죽이면, 그의 살을 갈가리 찢어 절벽 박쥐에게 던져 줄 것이다.

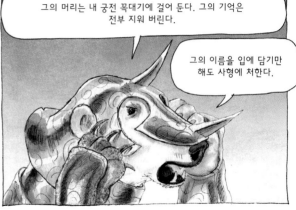

그의 머리는 내 궁전 꼭대기에 걸어 둔다. 그의 기억은 전부 지워 버린다.

그의 이름을 입에 담기만 해도 사형에 처한다.

용기를 내, 이오레크. 너의 갑옷은 너의 영혼이니까.

카랑!

카랑!

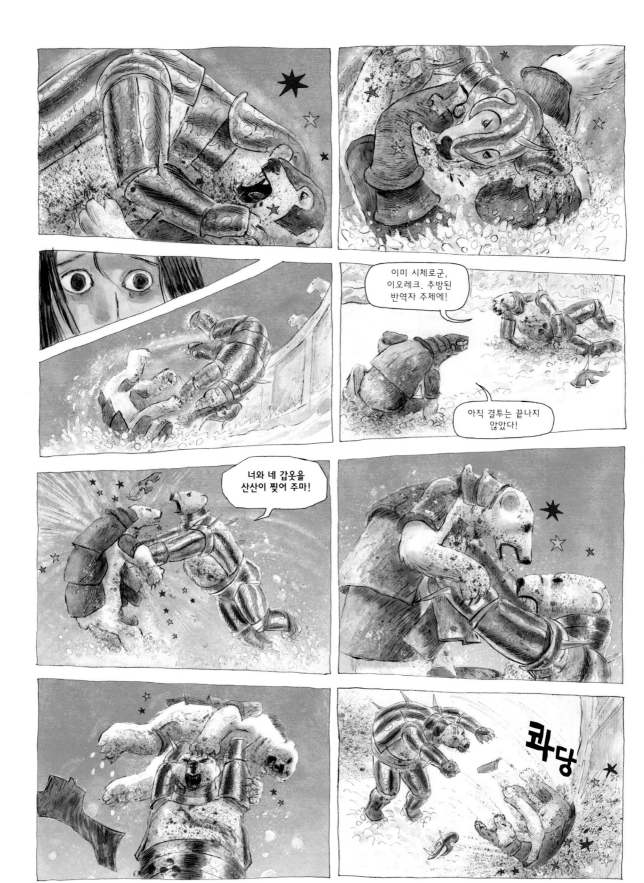

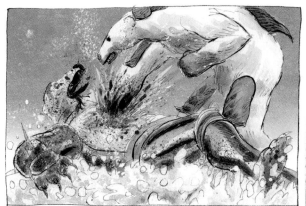

크어어엉

곰들이여! 너희의 왕이
누구냐?

이오레크 뷔르니손!

이오레크!

이오레크!

이오레크… 정말
무서웠어.

도살장이
따로 없네!

이오레크!

그럼, 곰들이여…

인간의 옷을 벗고 이 궁전을 부숴 버리자!

이오레크!

이오레크!

이오레크!

이오레크!

이오레크!

195

당신은 자유요.

?!

일어나, 리라 실버텅.
왕이 보자신다.

눈꺼풀이 얼어붙었어요!

놀라지
마.

내가 녹여
줄게.

리라
실버텅이야!

저 작은
꼬마가?

리라!

로저?!

네가 떨어진 후에, 우리는 아주
멀리까지 날아갔어… 그런 뒤 어떤
산에 부딪혔지! 그때 이오레크와
내가 열기구에서 떨어졌어!

얼마나 긴 경사를
굴러떨어졌는지 몰라!

세라피나 페칼라는?
그리고 리 스코즈비는?

나도 몰라. 그들은
하늘로 사라져 버렸어.

그 후로 나는 빙하 속에 숨어 있어야 했어. 하지만
이오레크가 돌아왔지. 그를 돕기 위해 네가 한 일을
전부 들려줬어.

너도 그 결투를 봤어야 하는데… 무시무시했다고!

이 세상에 이오레크 뷔르니손보다
위대한 전사는 없어!

리라, 왕이
따라오라고 하신다.

?

너를 위해 불을 피웠다,
리라 실버텅.

여기 와서 함께 앉아. 그리고 이들이
나에 대해 하는 얘길 들어 봐.

이제 말하라, 쇠렌 아이자르손.

네, 어… 음…

이오레크 전하, 우리는 결코 전하의 추방을 바라지 않았어요.
진심입니다. 콜터 부인이 꾸민 일이에요. 부인은 오랫동안
이오푸르를 조종해 왔어요. 당신의 추방도 부인이 설계한 겁니다.

부인은 여기에 볼반가르 같은 실험실을 또 세우려 했어요. 그러기
위해 이오푸르의 권력을 야금야금 빼앗고 있었죠. 우리에게
곰답지 않은 일을 시키면서요.

지금 콜터
부인은 뭘 하고
있니, 리라?

비행선을 타고
이동하고 있어요…

만일 부인이 진실 측정기를 차지하면, 부인이 세계를 지배하면서 우린 모두 죽을 거야.

몇 시간만 있으면 부인이 도착해. 최대한 빨리 이걸 아스리엘 경에게 전해 줘야 해.

우리가 같이 갈게.

리 스코즈비에겐 무슨 일이 생긴 거야?

그리고 우리의 마녀 친구들은?

마녀들이 라이벌 일족의 공격을 받았어. 그래서 우리가 절벽 박쥐를 피하자마자 그곳으로 날아갔지.

그런데 세라피나 페칼라나 리 스코즈비에게 무슨 일이 생겼는지는 몰라. 진실 측정기에 물어보지 그러니?

무슨 말이 나올지 너무 무서워서 못하겠어요.

너무 졸려요…

그럼 푹 자렴, 리라 실버텅. 내가 지켜 주마.

너에게 보내지 않았어!

아스리엘 경...

...무슨 말씀이세요? 저예요, 리라. 당신에게 진실 측정기를 전해 주기 위해 이 먼 길을 왔다고요.

리라... 정말 너냐?

그럼 누구인 줄 아셨어요?

아냐, 아니다. 넌 이해 못할 거야.

그리고 얘는 누구냐?

로저 파슬로예요. 얘도 고블러에게 납치됐었어요. 그래서—

진실 측정기를 가져왔다고 그랬니? 그건 뭐 때문에?

조던 대학 총장님이 제게 주셨어요. 아스리엘 경에게 전해 주라고... 적어도 제 생각은 그래요.

이오레크 뷔르니손이 우릴 여기 데려다줬어요. 그는 이오푸르 락니손을 누르고 스발바르의 새 왕이 되었고요.

이오푸르 왕이 죽었다고?

그럼 새로 등극한 곰의 왕과 이야기를 해 봐야겠군. 소롤드가 너희를 돌봐 줄게다.

소롤드, 이 아이들은 매우 더러우니 뜨거운 목욕을 시켜 주게.

네 삼촌은 너무 무서워.
아 참, 네 아빠지...

가끔은 나도
무서워.

너를 처음 봤을
때의 반응이 정말
이상했어. 난 콜터
부인보다 아스리엘
경이 더 무서워.

그에 대해 진실
측정기에게
물어볼까?

그동안 너무 끔찍한 장면을 많이 봤어. 그리고 앞으로
더 끔찍한 일들이 기다리고 있겠지. 그러니 난 미래의
일은 모르는 편이 낫겠어. 지금 내가 원하는 건
푹신한 침대뿐이야!

잘 자, 로저.

소롤드가 음식을
좀 주더냐?

?!

네 친구는
어디 갔지?

자러 갔어요.

그럼 너도 들어가서 좀
자지 그러니?

당신을 만나려고 여기까지
왔어요. 그런데 저를
침대로 보내시려고요?

뭘 원하는 게냐?
얘기해서 뭐하게?

이오레크 뷔르니손이
알아야 할 일은 모두
알려 줬다.

당신은 제
아빠예요, 그렇죠?

그래, 그게
뭐?

그럼 진작 알려
주셨어야죠.

그런 일을 감춰선 안 돼요. 잔인한 짓이잖아요.

누가 말해 줬지?

집시 일족의 왕, 존 파와 파더 코람이요. 그들이 엄마에 대해서도 얘기해 줬어요.

그럼 대화는 끝났다. 건방진 어린애한테 심문당할 일은 없으니까.

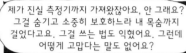

제가 진실 측정기까지 가져왔잖아요, 안 그래요? 그걸 숨기고 소중히 보호하느라 내 목숨까지 걸었다고요. 그걸 쓰는 법도 익혔어요. 그런데 어떻게 고맙다는 말도 없어요?

나를 만나서 반갑다는 기색도 없잖아요.

당신은 사람도 아니에요, 아스리엘 경!

내 아빠도 아니고요!

내 아빠가 날 이렇게 대할 리 없어. 당신은 날 사랑하지 않아요. 나도 당신을 사랑하지 않고요. 그게 사실이에요.

난 당신보다 이오레크 뷔르니손을 더 사랑해! 그리고 이오레크 뷔르니손도 당신보다 날 사랑할 거고요.

그렇게 감정적으로 날뛰는 애와는 절대 말 섞지 않을 거다. 시간 낭비야.

그럼 더스트에 대해 말해 봐요. 왜 모든 사람들이 그토록 더스트를 두려워하는지 알고 싶어요.

말해 보라고? 네가 나한테 명령을 내릴 수 있다고 생각하냐?

그럼 좋아. 가서 저쪽 선반에 있는 성경을 가져와라.

너 '원죄'가 뭔지 알고 있니?

네, 어느 정도는…

아담과 이브가 선악과를 따먹기 전에, 그들의 데몬은 원하는 대로 변신할 수 있었지.

하지만 선악과를 먹으면 데몬이 자신의 진짜 모습을 찾을 수 있다고 뱀이 이브를 꼬드겼어.

그래서 이브가 선악과를 먹었고, 아담도 먹었지. 그렇게 해서 이 세계에 죄악이 생겨났단다.

하지만… 이게 전부 사실은 아니잖아요?

아담과 이브가 진짜로 있지는 않았잖아요. 이건 그저 사람들의 이해를 돕기 위한… 우화고…

하지만 모종의 진실도 담겨 있지.

순수가 경험으로 바뀌는 순간에 무슨 일이 있었다는 사실을 더스트가 증명해 주니까.

좀 더 멀리서 보렴. 여기서 뭘 읽을 수 있니?

"너는 먼지(더스트)이니 먼지로 돌아갈 것이니라."

난 이 구절이 "너는 더스트로 돌아가야 할 것이니라."라는 뜻이라고 믿고 있어.

더스트는 아이에겐 들러붙지 않아. 그러다 우리가 어른이 되면 변하지. 즉 데몬이 더 이상 형태를 바꾸지 않게 되면 말이야. 왜일까?

더스트가 원죄이기 때문이야!

네 엄마는 데몬과 더스트 간의 연결 고리를 간파해 냈어. 그래서 만일 데몬을 인간의 몸에서 분리할 수만 있다면, 우리도 더스트 즉 원죄에 붙들리지 않을 수 있다고 생각했어.

그래서 네 엄마는 데몬과 인간의 연결을 끊을 방법을 찾아. 하지만 그 연결의 에너지는 막대하고 강력했지. 결정적으로 연결을 끊을 때 모든 에너지가 눈 깜짝할 사이에 분산되어 버린다는 점을 알아채지 못했어.

나는 그 에너지를 붙잡아 둘 방법을 찾아냈어. 그리고 그걸 더스트의 원천 자체를 찾아내는 데 사용할 거야!

원천이요? 더스트가 어디서 나오는 건데요?

우리가 오로라를 통해 볼 수 있는 또 다른 세계에서 온다.
난 이 세계의 더스트는 모두 거기서 온다고 생각해.

모든 더스트, 모든 죽음,
모든 죄의 근원인 곳도 어딘가
있겠지. 세상 모든 불행과
파괴성의 근원 말이야.

내가 그곳을 파괴할 거다.
죽음이야말로 죽어 없어져야 해!

전 엄마의 끔찍한 실험 때문에
죽어 가는 아이들을 직접 봤어요.
그런데 뭘 더하신다고요?
그건 너무 잔인해요!

무슨 말로도 그걸
정당화할 순 없어요.

넌 나에겐 아무 쓸모도 없다.
어서 이오레크에게로 돌아가.

받으세요.
이게 제 여행의
이유였으니까요.

가져라.

하지만 총장님이
당신에게 전해 주라고…

정말
그럴까?

어차피 그 책이 없으면 내겐 아무
소용없다. 총장이 그 책도 네게 줬을 텐데.

여기서 자도 된다. 우리가
다시 만날지 모르겠구나.
잘 자라, 아가.

아가씨, 아가씨,
어서 일어나세요!

아스리엘 경이 그토록 거칠게 구는 모습은
처음 봤어요. 그러더니 기구들을 썰매에
잔뜩 싣고 떠나 버리셨어요.

그리고
남자아이를
데리고 가셨죠!

로저!

그가 원했던 건
바로 그거야!

그는 아이를 원했어! 진실
측정기가 아니라!

그런 그에게 내가
로저를 데려다준 거야!

어떻게 알았어…?

이오레크 뷔르니손!

이오레크!

당신이 필요해!

난 이 아이와 함께 가겠다. 화척기를 싣고 최대한 빨리 따라오도록!

진실 측정기에게 물어봤어야 해. 아, 왜 그가 나에게 겁을 주게 놔뒀을까?

아스리엘 경은 로저와 그의 데몬을 연결해 주는 에너지를 붙잡아 두려고 해요. 그래서 그가―

꽉 잡아!

?!

훅

부우우우우웅

타타타타탓

부우우우우웅

타타타타탓

부우우우웅

하지만… 만일 우리 엄마가…

저 비행선을 정확히 조준해!

이해가 안 돼. 왜. 저들이 마녀들을 향해 총을 쏘지?

210

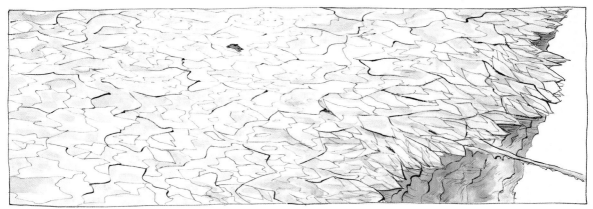

발자국은 이어지지만, 나는 더 갈 수 없어.

리 스코즈비를 찾아 주시겠어요?

살았든 죽었든 꼭 찾으마.

그리고 세라피나 페칼라를 만나면…

네가 한 일을 전해 줄게.

로저와 아빠를 만나도 무슨 일이 생길지는 알 수 없어요.

우리 모두 죽을 수도 있고…

하지만 제가 돌아온다면 당신을 찾아가 제대로 감사 인사를 할게요, 곰의 왕 이오레크 뷔르니손.

잘 가라, 리라 실버텅.

난 저쪽에서 기다리고 있을게.

조심조심, 리라…

나도 알아.

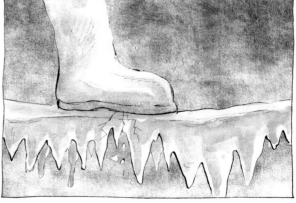

그들이 저 봉우리 너머에 있어!

제발, 안 돼요! 세실리아! 리라! 도와줘!

로저! 로저어어어!

저 거대한 까마귀는…?

마녀의 데몬이야!

우릴 갈라놓지 마!

마녀 중 일부는 아스리엘 경을 돕고 있어. 네 엄마가 마녀를 공격한 이유도 그거야!

216

이거 놔!

너무 아파! 도와줘!

잠깐, 안 돼, 제발…!

로저!

로저!

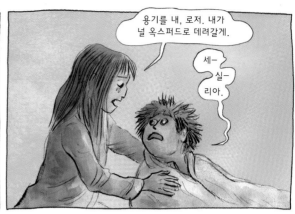

용기를 내, 로저. 내가 널 옥스퍼드로 데려갈게.

세—실—리아.

리라?!

크르르르르

같이 가자, 우리 아기.

싫어! 당신은 내 아빠가 아니야!

크르르르르

크르르르르르

크르르르르르

스텔마리아, 안 돼!

어흥!

세—실—리아?

악!

앗!

!?

세실리아는… 어디에…?

리 스코즈비와 이오레크… 그들이 오고 있어. 조금만 기다려…

콜터 부인이야!

?!

같이 갑시다, 마리사.

그들이 허락하지 않을 거예요…

허락? 우리가 누구의 허락을 받을 때는 지났어요. 어린애도 아닌데. 내가 원하는 사람은 누구든 문을 넘어갈 수 있게 만들었어요.

그들이 금지할 거예요! 그들이 여길 막은 뒤 아무도 못 들어오게…

그들은 그 누구보다 강해요, 아스리엘!

그렇지 않아요. 그들도 날 막을 순 없어요.

같이 갑시다, 마리사. 우리는 더스트의 원천을 찾아 그걸 영원히 막아 버릴 수 있어요. 같이 합시다.

안 돼! 난 못해요!

내가 감히 어떻게.

당신이? 감히라고?

당신의 아이도 올 거예요.

당신의 아이는 감히 무슨 짓도 하죠. 그래서 자기 엄마를 욕보이고.

그럼 얼마든지 저 애를 데려가세요. 그는 나보단 당신의 아이니까요, 아스리엘.

아니에요, 당신이 아이를 거둬 주었잖아요. 저 아이를 다듬으려 했었죠. 그때 당신도 저 앨 원했고요.

저 아이는 너무 거칠고 고집이 셌어요. 내가 너무 오래 방치했죠.

지금은 어디에 있죠? 내가 그 애 발자국을 따라왔는데…

만일 나라면 당신의 손아귀에 잡히느니 쉴 새 없이 있는 힘껏 도망칠 거예요.

저 위의 빛을 봐요, 마리사.

저 바람이 느껴지지 않아요? 다른 세계에서 불어오는 바람이에요. 나랑 같이 갑시다!

안 돼, 아스리엘. 내가 있을 곳은 이 세계예요.

그렇지 않아. 이 세계는 저주 받았어요. 더스트가 이미 모든 것을 망가뜨렸어요. 이제 교회도 종말이고 교권도 종말이에요.

이거 놔요!

마음대로 하시오…

하지만 내가 당신을 그리워할 일은 없을 거요!

용서해 줘, 로저…

도와주려 했는데.

리라!

그런데 내가 잘못했어.

전부 잘못했어… 이제 난 아무것도─

리라, 들어 봐!

아스리엘 경이 더스트의 원천을 찾아 파괴할 거야. 그리고 네 엄마, 성체위원회, 교회, 볼반가르 사람들도 전부 그것을 파괴하려 했어.

맞아… 사람들에게 영향을 끼치지 못하게 막는다고.

그런데 너의 적들이 전부 더스트가 나쁘다고 생각한다면, 그건 분명 좋은 거야.

좋다고?

우린 그들이 더스트에 대해 하는 말을 전부 들었어. 그리고 모두 더스트를 너무나 두려워했지. 근데 있잖아? 우린 그들의 말을 믿었어. 심지어 그들이 하는 사악하고 잘못된 행동을 뻔히 보면서도 말이야…

하지만 만일 더스트가 좋은 거라면… 소중하고 가치 있고 간직할 만한 것이라면?

세상에, 판… 네 말이 맞아!

우리도 그걸 찾아야 해.
아스리엘 경보다 먼저.

그런데 더스트의 원천을 찾는 와중에
네 아빠를 만나면 어쩌지?

만나면, 로저에 대한
복수로 그를 죽일 거야.

이제 우리뿐이야. 이오레크도 우릴 따라올 수 없고, 파더 코람이나
세라피나 페칼라, 리 스코즈비도 마찬가지야…

그래, 그럼
우리끼리 가자.

우리
둘이서.

그리고 진실
측정기도.